ムーン・ゲイト・ストーリーズ

月門童話

Prologue

夢叶　青

Yumekano Sho

文芸社

Prologue

「ふーん、君ってワリと普通の事、考えてるんだね。でも無理じゃない。阿婆擦《あばず》れがそんな事思ったって、相手はそうは思っちゃくれないさ。」

何人目かの男が……そう言っていた。この国では珍しいヘビースモーカーの男だった。この国は、健康を害する恐れのある物に対しては厳しい規制が課せられているからだ。でも私も男も喫煙を好んでいた。お互い、少し自己破壊的な方向へ向かう事が好きなタチなのかも知れない。

「そー言う貴方だって普通のズルイ男じゃない。遊ぶのは阿婆擦れで、結婚するのは綺麗で純情なお嬢様でしょう。要領のいい事……」

冷めた口ぶりでそう言った私に、男は笑って肩を竦《すく》めて見せた。

私はどうやらそーゆー女らしい。自分では自覚がなかったのだが、付き合った男や世間がそう言うのだから、まぁ間違いないのだろう。

男と付き合って、満たされた事はない。

男は私を愛しちゃくれない。私が愛さないように……。

でも男を絶やした事はない。何故だか分からないけど……。

声を掛けてくるのは何時も男の方で……気に入ったらその日でも寝る。

そして、次の任務を言い渡されたら終る。

私は戦地に向かうから生きて帰れる保証もない。最前線か敵地に乗り込む。決まって一番へビーな任務を私は任される。その度に顔を変え、声を変え、体の造りを変えるので、生きて帰って来ても男は私だと分からないのだ。お互いに依存する事も無い。それを「大人の関係」と言った男もいたが。要するに、そこには愛なんて存在しないのだ。お互いの欲望の為、寂しさを紛らわす為、火遊びをしてみたい為。もっとも、それさえ考えていないのかも知れない。

もう何年もそんな生活をしていると、自分の本当の顔も、髪の色も体の形も、どんな声だったかも忘れてしまって、「自分」が誰であるか、どんな性格で何が好きで何が嫌かなんて、分からなくなってしまった。「本当の自分」なんて存在しないのじゃないかと思う程、色々な人格を任務ごとに演じてきた。時に、演じているのか何なのか分からなくなる事もある。

バレたら殺される。だからその人格に成りきってしまう。

「自分」を考える隙を作ったら即、死だ。

サイアクな人生かも知れない。けれど、他人様はそんな私の気持ちを考えてなんかくれはしない。そーゆーものだ。

……噂だけが広まる。

誰も私の顔を知らない。声も知らない。本当の姿を知らない。だが、この国の騎士団らしからぬ者が居ると。恥を曝していると。とんでもない阿婆擦れで、誰とでも寝ると。そして、その者の名前はアルファー・E・デイケンスらしいと……。


額の装飾品《サークレット》と騎士団の制服が彼女を証明する為の物だった。

美しい……その姿に思わず親衛隊長は見惚《みと》れた。

彼女は会う度に何時も姿形が違う。しかし決まって美しく化ける。とても自然に、とても誇り高い者の様に。

内面から滲み出てくるもののせいだろうか、内に秘めているもののせいだろうか。それが何か、親衛隊長には解らなかったが……何故か、彼女の姿を見る度に切にそう感じていた。

彼女に関しては、色々な悪い噂は耳にしていたものの、自分の主が、彼女を宮廷騎士団の一員とされた事は決して間違ってはいないと、理屈を抜きにして思えるのだった。

この王宮は大変豪華な創りになっている。床から壁の彫刻、天井の壁画、そして美しい調度品の数々に至るまで……歴代の王達がその時代に於《お》いて一番の芸術家を招き創らせたものだ。

正に、この宮殿そのものが一つの芸術品と言っても過言ではなかった。

その芸術品に負けず劣らず、凛とした輝きのようなものが彼女には感じられる。その光景はまるで、絵画を観ている様な気分にさえさせられた。

「今回も大変な任務だったようですね。」

ティーカップから彼女が美しい唇を放した時に、親衛隊長は話し掛けた。

主が御出ましに為られるまで、些《いささ》か時間が掛かる様なのでお茶が出されていたのだ。彼女はそれを許される身分だった。

「部下を、また失いました。」

美しい小鳥の様な声だった。だが……その瞳が悲しい色を湛えている。

時に、彼女はその美しい容貌さえも武器にしてしまうのだろうか。

今回の彼女は、鳶色の瞳に少しウェーブの掛かったシナモン色の髪をしていた。類稀な美貌とは彼女の為にある言葉なのではないか……親衛隊長はそう思わずには居られなかった。

これだけ美しいと噂に信憑性が出てくるような気がしてならなくなる。

……窓の外では夕焼けが始まっていた。紅く染まる空を見詰めながら、彼女は静かに尋ねる。

「隊長殿。実は……兄が連れてきた少女とルース様について妙な噂を聞いたのですが。本当なのでしょうか?」

この国の、国王陛下で在らせられるルース・フォーステンⅢ《サード》様が、赤い星の魔女に誑《たぶら》かされていると、世間ではもっぱらの噂だった。

もっとも噂のいい加減さと、男と女の二人の間に起こりうる事は、その当人同士にしか真実は分からないと、アルファーは良く理解していた。従って、まともには信じてはいなかったのだが……。

実は、他の者にはあまり知られてはいないのだが、ルース様は彼女の兄の友人である。

……心配をしているのだ。

「きっと……ルース様はお寂しいのでしょう。」

隊長はそれだけ答えると、そっと目を伏せた。……どうやら噂はまんざら嘘でもないらしい。世間への伝わり方には色々と食い違いがあるのだろうが、ルース様のお気持ちが少女に向いているという事は間違いではないのだろう。

「そうですね。きっと、我々F・G・C〔第一等黄金軍団=ゴールデン・ナイツ〕ではルース様をお守り出来ても、御心を満たして差し上げる事は出来ませんものね。」

夕日を静かに見詰めるその眼差しは、愁いを帯びているかの様であった。

彼女は身分を隠してこの宮廷騎士団に所属していた。

アルファーの兄君はコーラルのアロウ・リーズ・グーリッジ国王陛下である。兄と呼んでいるものの、正式には養父であった。アロウ殿は、父と呼ぶには余りにも若く美しかった。何より彼は、「父」と呼ばれる事は年寄りくさく感じられて妙に嫌がっていたので、敢《あ》えて「兄」と呼ばせていたのだ。

この星の人間は、二十歳前後で成長が止まりその姿のまま寿命を迎える。平均寿命は三百歳前後で非常に長寿の人種であった。中には老いる者も居るのだが、医療が大変発達していて身体の再生技術〔再生医療〕が非常に進んでいるので、若返りの再生手術を受ける者がほとんどであった。

特に、彼女の兄君は長寿で今年五百六十三歳になる。常人の二倍近くも彼は生きている事となる。彼はこの近辺の星の中でも抜きん出る程の強大な超能力〔E・S・P〕を持ち、その力のとてつもない大きさ故に、自分の体を細胞レベルでコントロールする事が出来るのだった。

「化け物」彼はそう呼ばれていた。

アルファーはその「化け物」の養女なのだ。

アルファーの本当の名前はアルファーシャ・グーリッジと言い、実は、コーラルの姫様である。この事は、ルース国王陛下と宮廷騎士団の中でも最高位で国王の命令のみで動くF・G・Cの一部の者にしか知られてはいない。

ゴールデン・ナイツは国王陛下の個人騎士団なのであるが、国王の命の下に各軍の総指揮権、又政治に於いては最高決定権を持つ。そして、国王として御生まれになられて、何一つ思い通りにならない生活を強いられてらっしゃるルース様が、唯一御自由に出来る持ち物でもあった。

……物だけで心は満たされない。アルファーはその事を誰よりもよく知っていた。その心の隙間を、赤い星から来た少女が埋めてくれるのだろうか。

そう思った瞬間。彼女は、ある事に反応していた。

行き成り立ち上がり、ドアへと向かう。

その行動を見て、初めて親衛隊長は城の中の異変に気付いた。

彼女に続いて廊下に出る。

……格が違う。こんな時に何時も隊長は思い知らされる。

親衛隊員の中には、自分達がお守りしているのにも拘らず、陛下は何故F・G・Cなる者達を召集されたのか、疑問に思う者も少なからず居た。

以前は、親衛隊長もそう思う内の一人であった。しかし隊長は、彼らに触れる度に主がゴールデン・ナイツを結成されたその意味が段々に分かってきた。

やはり、ルース様は無駄な事は為さらない御方だった。

パタパタと走る音、白い絹のドレスが擦れる音、怯えた息遣い。

……直ぐそこまで来ている。アルファーは感じていた。

その角を曲がったらターゲットは居る。曲がる——。

「あっ！」

見つかってしまった。

そんな声が聞こえてきそうな表情をターゲット〔少女〕はしていた。

白い肌、色素の薄い茶色の髪、何より……何よりも美しいのは燃える様な赤い、赤い瞳。

まるで伝説の赤い星の様な……。

だがその瞳は、酷く怯えていた。

アルファーがワインレッドの制服を着ていた事に気付いたからだった。

ワインレッドの制服を身に纏《まと》う事はゴールデン・ナイツの者達にしか許されていない。

紅《あか》い血の様なこの制服の色は、最強の彼らを人々に「紅《くれない》の血の騎士団」とも呼ばせ恐れさせた。

F・G・Cの者は陛下に絶対服従している事を少女は良く解っていた。

――主に逆らう事は死を意味する。それは彼らの鉄の掟だ。

「……助けて。」

言ってみたものの、赤い瞳の少女は、直ぐに陛下の元へ連れ戻される事は経験上重々承知していた。

アルファーはそっと少女の手を取った。

「あっ……」

ケガをしていた。

一瞬、触れられたその手がビクッとしてから小刻みに震えている事で、普段彼女がどんな扱いをされ、どんな思いをしてこの城で生活しているかが解ってしまった。

ハンカチを取り出し、ケガをしている左腕に優しく巻いてあげる。

少女の美しい顔をよく見ると頬が少し腫れていた。アルファーは思わず胸がギュッとする。忘れたい昔の自分の姿を重ねてしまったからだ。

……まだ子供ではないか。アルファーは何となくそう思った。

アルファーのカンは良く当る。力〔E・S・P〕の強い者達が周りに多いのでその影響を受けているのだろうか。もっとも、特に力の強い者の中にはその体さえもコントロールし、子供が大人の姿をしていたり逆に大人の年齢に達していても子供の姿をしている者もいる。

「貴女、幾つ？」

怯えない様に優しい声で訊ねてみる。

「……みっつ。」

あどけない声で言ったその少女に、アルファーは思わず溜息が出そうになる。

陛下の寵愛を受けているという噂を思い出したからだった。

この城の馬鹿どもは三歳の子供に陛下のお相手をさせていたのか。

「スカイが貴女の教育係と聞いていたのだけど、間違いないわね。」

アルファーは、ある事を思い付いていた。すると少女はコクリと頷いた。

それを見てから、アルファーは天井に向かって叫ぶ。

「ちょっと！　シャリア居るんでしょ！　この子、スカイの所に飛ばしてくれる。」

シャリアは彼女の義理の弟だ。彼も、とても大きな力を持っている。

フッと、目の前の空間が歪んで黒髪の少年が現れた。彼は瞬間移動《テレポーテーション》出来るのだ。

「でも、ルース様がお探しになっているよ。」

心配そうなライトブルーの瞳。

「何か言われたら姉の私に脅されたって言っとけばいいわよ!!」

アルファーは何時になくイライラしていた。

「それもそーだね。」

思わずホッとして笑ってしまうシャリア。

彼は普段からずっと、この可愛そうな赤い目の少女の事を助けたくても、どうしようも出来ない立場に立たされていたのだった。

それに、他のゴールデン・ナイツのメンバーとは違って、姉は特別な事を良く知っていた。姉は、実はこの国とも交流の深い大国の姫君だから……。

「ユウ!!　ユウ!!」

ルース様の声だ。

「お行きなさい。後は私に任せて。」

アルファーは少女にそう言うと、シャリアに合図する様に頷いた。

「じゃぁ行こうか。」

彼はそっとユウの腕を取ると、次の瞬間、二人共この場所から居なくなった。

……さて、どうするか？　アルファーは「言い訳」なるものを一生懸命考えた。

それよりも何よりも、大いに腹が立ってイライラしていたので「ふんっ。出たとこ勝負よ!!」と訳の分からない事を思っていた。

主が近付いている。足音・着物の擦れる音・息遣い。……ルース様のものと手に取る様に分かる。アルファーは国王陛下が御出でになる方向をジッと見据えた。

「ユウ!!　ユウ!!」

いらっしゃった。

褐色の髪、ダークグリーンの瞳。それは何時ものルース様のものだ。けれども、ユウを探すその御姿は何時もの尊敬する陛下とは全く違っていた。

陛下は直ぐにアルファーに気付くと、少しバツが悪そうにこう仰った。

「いらしていたのですか。お恥ずかしい所を……」

あらあら、〝晩の御食事に〟とお誘い下さったのは陛下でしょうが。

腹の中でアルファーは色々な事を思ったが……にこやかにこう言った。

「ええ。お邪魔しています。……どう為さったのですか？」

ニコニコ♡

「実は、赤い星から来た少女が逃げ出しましたので……」

とても仰り難そうだ。自分の恥を曝してらっしゃるのだから当たり前の事だろうが。

「あら、さっきの子かしら。」

大トボケ。

「怪我をしてらした様なので、弟に頼んで医者のスカイの所へ連れて行って貰ったのですが。私……余計な事をしてしまったかしら？」

大げさにそう言いつつ、アルファーはチョット★科《シナ》まで拵《こさ》えてみせる。

「まぁ陛下、ごめんなさいね。」

「……いや、申し訳ない。貴女に御気を遣わせてしまいましたね。」

少しホッとした御様子の陛下の腕を、アルファーはスッと取った。

「もしかして、私とのお約束を忘れていらしたのかしら？」

痛い所をやんわりと極上の笑みで突く。

「いいえ……そんな事は、決してありませんよ。今日の晩餐を楽しみにしていたのですから。」

ウソ吐けーっ!!

「私も、お会い出来る事を大変楽しみにしておりましたのよ。」

言葉遣いに身のこなし、アルファーは見事に全て姫様モードに入っていた。

「そうですか、それは光栄です。では……参りましょうか。」

陛下は、今の姿はアルファーなのだが実はコーラルの姫である彼女をエスコートしてくれる。普段、本当はとてもお優しい方なのだ。

でも……あの赤い目の少女には手を上げられたのだろうか。

……恋は盲目。誰かが言っていた。陛下もそうなのだろうか。


まだ明けきらぬ宮殿の中を、アルファーは歩いていた。

無神経な靴音だけがやけに響きわたる。

……やるせない気持ちで一杯だった。

陛下との晩餐を楽しみ、その後も友人としてプライベートな時間を過した。その時に、ルース様はその胸の内を打ち明けて下された。赤い瞳の少女への思いがアルファーには痛いほど理解出来た。ルース様は解っていらっしゃるのだ。全て判っていらっしゃるのだ。

だけど……感情がついていけない。思いを断ち切れないでいらっしゃる。

理屈ではないのだ。……どうしてユウでなければならないのか。どうして彼女なのか。

そんな事を言葉で説明出来るのならそれは本当の恋じゃない。理屈じゃないから……だから苦しいのだ。

アルファーは中庭に向かった。

……フローはこの事を知っているのだろうか。そんな事を思うと益々胸が痛くなる。

フローは、お名前をフローラル姫様と仰って、ルース様のお許嫁《いいなずけ》で在らせられる。非常に思いやりに溢れた御方だ。以前、アルファーシャとルース様の間に在らぬ噂が持ち上がった時に、フローラル姫はコーラルの国まで訪ねていらした。

忘れもしない。

「あの人を返して下さい。」

プライドを捨て、恥を忍んで、どんな屈辱を味わっても愛を選んだのだろう。一国の姫君がアルファーシャ姫に土下座して頼んだのだった。

本当に在らぬ噂だった。実際、ルース様とアルファーシャはそんな仲ではない。ルース様はアルファーシャの兄君とはとても仲が良いのだが、兄君とは違い純粋で聡明な方だ。国王として一人の男として、アルファーシャは彼をとても尊敬していた。今日だって端から見たら一晩御一緒した事になるのだろうが、そんな色っぽい事なんて万に一つも無いし、なかったのだ。

そんな事件があってから、フローラル姫とアルファーシャは交流を深め、互いを愛称で呼び合うほど仲良くなった。

ルース様、フローラル姫、それぞれの思いがアルファーには良く分かりすぎて苦しかった。彼女は中庭のベンチに座り、ポケットに忍ばせていたタバコを咥《くわ》える。……夜が明けてきた。

夜明けの冷たい風を避けるように、手をかざして火を点ける。

——屈辱の日々。兄に弄ばれた。思い出すだけで反吐が出そうになる。

赤い瞳の少女は、ユウはそういう思いをしているのだろうか。

と、アルファーは人の気配に気付く。

「長老殿か。」

近付いて来る。

「流石《さすが》、F・G・CのNo.5ですな。」

グレーの髪の男性が彼女の〝後ろから〟声を掛けた。

「何を仰りますか。」

彼は、先代の国王陛下のやはり直属の親衛隊のNo.1だった男だ。今は相談役としてルース様にお仕えしている。

「いや、力を持つ者が多い中、普通の人間でしかも女性が七人衆のメンバーに為られるとは素晴らしい事ですぞ。」

静かに隣に腰掛けた。

「貴方こそ、普通の人間なのにNo.1だったではありませんか。それに、私の場合、国家間の色々な事情もありますし、名前だけのものですわ。」

タバコの火を消す。失礼に当ると思ったからだ。

「いや。構いませんよ。」

優しく仰って下さったが、そういう訳にはいかない。アルファーの気が済まないのだ。

「いいえ。」

彼女はそっと笑う。

長老殿も彼女を幼い頃から知っているので、それ以上は言わなかった。

「そういえば……よく司政官殿も、こちらでタバコをお吸いになっているのを見かけますな。」

思い出したかの様に長老殿は言った。

「へーっ。あの堅物が……」

意外だった。

司政官閣下は何時も、制服の詰襟をキッチリ立てて、何を考えているのか分からないほど無表情で沈着冷静な男だった。だから、彼がタバコを吸うという事に大いに驚いてしまった。

「とても好感の持てる若者ですよ。」

その言葉に、アルファーはまた驚く。……長老殿が誉める様な男なのか。

「あれで大国の王子でしたら、小生は是非、我が姫様に縁談のお話を御勧めしている所ですが、何せ西の小さな国の跡取りなもので、姫様とは釣合いというものが取れませんので残念に思っているのですが……」

普段は、非常に厳しい方と皆に見られがちな長老殿は、アルファーにとっては優しいおせっかい爺なのだ。

……気を紛らわせてくれているのだろうか。

一晩中、ルース様とお話していた事を恐らく長老殿は知っているのだろう。その内容の切なさも……。

それにしても……よほど司政官閣下の事を気に入ってらっしゃるのだろうか。今まで何度も長老殿の所へ、私への縁談話を各国の王から持って来られても悉《ことごと》く断ったと聞いていたので甚だ珍しい事だと思った。

「ところで、こんな早くにどうしたの？」

優しいグレーの瞳を覗き込む。……分かっているくせに言ってみる。

「いや、年寄りは朝が早いものでして……」

誤魔化《ごまか》す事など出来ないのだ。

「ありがと。」

小さな声で呟いてみる。アルファーシャを心配してくれていたのだ。きっと長老殿も徹夜明けだろう。

「朝食を、御一緒して頂けませんかな。」

少し照れくさそうな長老殿の声にアルファーシャは「喜んで。」と返事をした。


何時もより早い朝食を頂いて、アルファーは家路へと向かうべく駐車場の方へと向かった。まだ人気はなく朝の風が心地よかった。

「んーっ。」

と伸びをした時、彼女は駐車場に他の人の気配を感じた。駐車場の植木の囲いの所に誰かが座っているようだ。

「あーっ！　海にでも行きてーっ！」こちらも徹夜明けだろうか、やはり彼女と同じ様に伸びをしながら、男は空を見上げていた。

何と、先程長老殿と噂をしていた司政官閣下シド・ビリオン殿だった。

……ふ～ん。何時もと全然違うじゃないの。

思いがけない彼の様子にアルファーは何故か興味を持った。

閣下は、何時もはポーカーフェイスで馬鹿丁寧な言葉を喋っている。だからクソ真面目人間だとばかり思っていたのだ。ところが今、目の前にいる彼はチョットばかし普段とは違う感じだった。

大きな欠伸を一つしてから、彼はポケットの胸の辺りを探る。

「チェッ！　タバコも切れやがった。」

……気付いたか。

彼が一瞬ピクッと動いた事をアルファーは見逃さなかった。真直ぐに、閣下は彼女の方に向いた。

「やぁ。君、アルファーだろ。」

そう言った時には、既に何時ものクールな表情に戻っていた。

「……よく分かったわね。」

少し驚いた。

この顔で会うのは初めての筈だったからだ。まぁ、彼は私の事情を知っているだろうから、この制服で見掛けない奴がいたら大体私だと見当が付いているのだろうが。

アルファーの兄君の双子の弟・アレン殿は、司政官閣下のシド殿と何故か仲がとても良かった。つまり、彼はアルファーの兄の親友なのだ。

スッとアルファーは自分のタバコを差し出した。すると彼は「ありがとう。」と笑う。初めて笑顔を見た。……結構イイ感じじゃない。

取り出したタバコに火を点けてあげた。そして自分も口にタバコを銜《くわ》える。だが、強い風が吹いて来て先刻の様には上手くいかなかった。

「んっ。」

彼が手を翳してくれた。大きな手だった。

「サンキュー。」

火が点いてくれる。彼の栗色の少しウェーブの掛かった髪が風に揺れている。

食事の後の一服は美味しい。

「うまいなぁ。」

タバコを吹かしながら、低い良い声で彼が言った。

「……そうね。」

アルファーは少し微笑んでから彼の顔を見た。……とても綺麗な顔をしている。

深い海の色の瞳。キチンと間近で見たのは初めてだ。

ふと、長老殿が言っていた言葉を思い出した。長老殿は甚だしく彼を買っていた。小国の王子でなければ縁談を……とも言っていた程に。

「昨夜は色々大変だったみたいだね。」

彼の耳にも当然入っているのだろう。

「うーん。まぁ、慣れてるからあーゆーの。」

男女の修羅場は何度となく越えてきたから。

「そうなんだ。」

その、彼の言葉にアルファーはフッと笑った。

「司政官殿も、色々と私の悪い噂は聞いているでしょうに。」

すると彼はジッと彼女の鳶色の瞳を見つめた。

「堅苦しいのは嫌いだから名前で……シドでいいよ。それで……噂は本当なのか？」

綺麗な口元が緩く笑っている。

「さぁ……どうかしら。」

トボケる。こちらも悪戯っぽく笑っていた。

彼の、深い海の様な瞳が真直ぐにアルファーに詰め寄る。

「試してみたいな。」

そう言ったシドの……その瞳がとても綺麗だとアルファーは思った。

「いいわよ。」

即答だった。

思いも掛けないこの軽いナンパが、彼らの運命を大きく変える事になるとは……この時の二人には気付く由もなかった。

「どうした？」

新しく与えられた電気自動車のリモコン操作に梃摺《てこず》るアルファーにシドが声を掛けた。

「うーん。コレ、まだ良く分かんないのよ。」

自動操縦で家に車を返そうとしていた。

「貸して……」

彼の大きな手がアルファーの手からリモコンをそっと取る。

「こーやるんだよ。」

最新式の携帯電話と一体化されているリモコンを、アルファーはまだ使い慣れて居なかったのだった。

「なーるほど。」

彼の手元を覗き込む。セットされた車は、静かに発進すると直ぐに通りの方に消えて行った。

「ありがと。」

リモコンを手渡される。

やはり……最初思っていた彼の印象とかなり違う。彼は思ったよりも随分と優しそうだった。

「乗って。」

彼は自分の青いスポーツカーの助手席のドアを開けてくれる。……それに、意外と紳士的だ。

「結構、凝っているのね。」

車に乗り込んでアルファーはそう言った。

ハンドルが木製で内装もとても凝っていた。もっともスポーツカーに乗る位なのだから車が好きなのだろう。

「……好きだからな。」

シドは運転席に着いてドアを閉める。

「天気がいいから天井を空けていいか？」

アルファーの顔を見る。

……少しドキドキしてしまう。こちらを見たシドの顔が思いのほか、優しい表情だったからだ。

「えっ……」

こんな顔もする事があるんだ。

「この車、オープンカーにもなるんだよ。」

彼がスイッチを押してみるとウィーンと機械音がして自動的に天井が開いた。

「へーっ。いいわね。今日みたいな日にぴったりね。」

ＯＫという事だった。それを聞いて彼の顔には笑顔が零れる。

「じゃあ、行こうか。」


車は静かに防波堤の側に止まった。

止まるとすぐに、アルファーは車から飛び出して行った。

防波堤から飛び降りて、海に向かって砂浜を駆けて行く。ポーンと靴が宙に浮いたのが見えると、思わずシドは微笑んでしまった。思いがけない彼女の無邪気な姿が見られて嬉しかったのだ。

「おーい!!　チョットは待ってくれたっていいじゃないか!!」

車から降りるとそう叫んでみた。

「えーっ!!　何!!」

振り返った彼女は、既に波打ち際まで来て足を海に浸けている。聞こえちゃいない。まぁいいさ……。

「ビンの割れたのや、ガラスが落ちているかも知れないから、気を付けなっ!!」

思いっきり砂浜を走っといてその後で言うのも変だが。

「分かったーっ!!」

意外と素直な所もあるらしい。

……シドがこちらに近付いて来る。アルファーは少し恥かしい気持ちになっていた。彼の視線が真直ぐに自分を見つめている事に気付いたからだ。

真直ぐな深い海の様な瞳。何かを……感じられる。

それに、少しはしゃぎすぎた。何時もと違う自分に戸惑っていたが、それも偶《たま》にはイイやと思っていた。シドと居ると調子が狂う。

「それも面白いか。」

小さく呟いてみた。……風が気持ちいい。

優しい海風が全身を浄化してくれるかの様に吹いていた。少し風が強い日だったのだが、アルファーにはそう感じられた。

長いシナモンの髪が風に靡いていく。額のサークレットが美しい光を浴びて揺れている。細い指が髪をかきあげる。鳶色の瞳は遠い遠い水平線を見ていた。一体彼女は今、何を考えているのだろうか。

……あの恐ろしい男の事を考えているのだろうか。

シドは彼女のその綺麗な瞳を見つめていた。

あの男・兄君のアロウ殿は、その美しい指先一本さえも動かさずに星を一つぶっ飛ばす位朝飯前だ。それ程に大きな力を持っている。彼にとってそれが必要な事ならば、顔色ひとつ変えずに、きっとやってのけるだろう。あの男はそういう男なのだ。

人並み外れた美しさの内に氷の様に冷たい心を秘めている。誰もが驚く程の美しい笑みに隠されてはいるが……恐ろしく冷えた炎を、密かに心の何処か深い深い所で燃やしている。

「……何？」

ジッと自分を見ているシドに、彼女は少し照れた様子で訊ねた。

「いや……」

シドは思わず慌ててしまう。見惚れていた……そんな事、言えるハズがない。

「変な人。」

アルファーは微笑む。笑顔がとても眩しい。

「悪かったな。」

少しムッとしてみる。

「私はイイと思うよ。」

彼女はそう言ってから、海にその美しい鳶色の瞳を向けた。カーッと自分の顔が赤くなってゆくのがシドには分かった。

慌てて途中で買ったタバコをポケットから取り出すと、心の中で平静を取り戻す努力をする。……思い切り照れていた。幸い彼女はその事に気付いていない様子で無邪気に波と戯れている。ホッとして、砂浜に胡坐をかいてドカッと座り、取り出したタバコに火を点けた。

……このまま時が止まってしまえばいい。そんな事を思った。

断られる事を承知で声を掛けた。けれどラッキーなのか、それともジョーカーを引いてしまったのか……彼女は彼の誘いに乗った。

気紛れだったのかも知れない。単なる暇つぶしだったのかも知れない。だけども今、目の前に居るのは紛れもなく彼女だ。ずっとずっと気になっていた彼女だ。

「キャーッッ!!」

行き成り、彼女が悲鳴を上げた。その声にシドがハッ！　と我に戻った時、バシャーンと水しぶきが上がり、彼女は海の中に尻餅を搗《つ》いていた。ワインレッドの制服が水浸しだ。

「大丈夫か。」

立ち上がって彼女の方へ向かった。

「あーっ！　やっちゃったよー！」

水も滴るいい女の完成だ。

波打ち際でシドが手を差し伸べた。

「ありがとう。」

と、にこやかにその手を掴む彼女。思わず電気が走るのではないかと思った。とてもドキドキしていた。が、にこやかなその瞳が悪戯っぽく光った事に彼は気が付かなかった。

「わーっ!!」

思い切り腕を引っ張られてバランスを崩す。

水しぶきが上がる。今度は彼が水の中で尻餅を搗く番だった。次は、水も滴るいい男だ。

「こらーっ!!」

ヤケクソで今度は水の掛け合いが始まる。

「やーっ!!」

そう言いつつもアルファーは眩しい笑顔で応戦していた。

二人の楽しい笑い声が静かな砂浜に響く。

たとえ一瞬でも……これから迎える二人の未来を思えば、それはとても幸福な出来事だったのかも知れない。


「どーしよっか。」

ずぶ濡れの制服の布をあちこち絞りながら、笑顔でアルファーが言った。まるでこの状況を楽しんでいるかの様に……。

楽しんでいるんだろうなぁ……シドは大きな溜息を一つ吐くと仕方なくこう言った。

「家の別荘が近くにあるんだ。」

「何処?」

シドは指をさす。

「あれ。」

この海沿いを少し行った所に白い建物が見えた。ここからだと車で五分位だろうか。

「歩いて行けるじゃない。お邪魔するわ。」

もう歩き出していた。

「車を出すよ。」

彼女の腕を後ろから優しく引き止めた。

思わず掴んでしまったその細い腕……胸の鼓動が一気に高くなる。

「車がぐーちゃぐちゃになるじゃない。いいわよ歩けるから。」

「でも、歩いたら結構距離があるんだよ。ここからだと何も他に建物が無いから近く見えるけどな。」

彼女はフーンという風に聞いていたが、「暇なんだから歩こうよ。」と言って彼の手を引いた。ズンズンと砂浜を歩いていく。小さな可愛らしい手だった。

「変な姫様だな。」

「悪かったわね。」

口は上等だ。

「誉めてんだよ。」

「あっそ。」

二人は手を繋いだままずっと歩いた。どれ位の時間を歩いたのかは分からない。だがそれは他愛の無い話をしながらの楽しい時間だった。

着いた時には、二人共ヘトヘトだった。徹夜明けの上に砂浜を歩いたのだ。バテない方がおかしい。

「素敵な別荘ね。」

こじんまりとしているが、海の青に建物の白が大変似合っていた。

「そりゃどーも。」

口調は冷たいがシドは少し嬉しかった。

彼女は大国の姫様だ。でもお世辞は言うタチではない。

海側の方の入り口の前で、シドは「ただいま。」と言う。声紋が鍵代わりの防犯システムになっているのだ。ガチャと音がして鍵が開く。ドアを開けると直ぐそこがシャワールームになっていた。

「へーっ。便利なのね。」

レディファーストで招き入れられたアルファーが感心する。

「その辺に色々揃っているから使って。先にどうぞ。」

彼はバスタオルだけ持ってシャワールームを出て行った。

「ありがとう。」

……随分迷惑を掛けちゃったかなぁ。と、それなりに反省しつつも、早速彼女はベタベタでグヂョグヂョになった制服を脱ぐ。体に張り付いて中々上手く脱げなかったが、時間を掛けて何とか脱げた。そして、開放的な気分になって少し日に焼けた素肌に暖かいシャワーのお湯を当てた。

一番初めに、海水に浸かってしまった額のサークレットを外して大切そうにシャワーのお湯で洗い、忘れない様に蛇口の所にそっと掛けた。この国の国王陛下から頂いた非常に高価な贈り物だった。事有るごとにルース様に頂く贈り物は何時も豪華すぎて、如何《いか》にも皇族達の好みそうな趣味の品物だったので、こう言っては何だが……頂く度に着ける事に抵抗があったのだが、この度は少し勝手が違った。

とてもシンプルな曲線の美しい形の品物で、アルファーは気に入っていたのだ。わざわざ私の趣味に合わせて下さったのだろうか。その御心遣いが何よりも嬉しかった。

……今日は何かはしゃぎすぎたかなぁ。そんな事を考えた。シドの前だと調子が狂う。まぁいいか。そして髪を手で梳いた時──。

彼女はギョッ!!　とする。それは、思いもかけない出来事だった。

……素肌のまま後ろから抱きしめられていた。

それまで彼の気配は全く感じられなかった。アルファーは鋭敏に鍛えられた戦士だ。感覚が鈍るという事は戦場では死を意味する。ここは戦地ではないが、彼女は何時でも何処にいても神経を研ぎ澄ませていた。感覚が鈍らない様に。

――声も出なかった。

背中に彼の体温をそのまま感じる。

彼も生まれたままの姿だった。

そういうつもりで付いて来たのだろうと、言われてしまえばそれまでだ。

カワイコぶって「違う」なんて言える様なタマじゃない。世間では阿婆擦れ、誰とでも寝る女だと言われている事は、彼女自身よーく知っている。

なのに……アルファーは小刻みに自分の体が震えているのを感じた。しかし、まるでこんな事には慣れているかの様にクールにこう言った。

「びっくりするじゃない。それにまだ夜までは時間があるわよ。」

彼はそんな言葉を無視して、強引にアルファーを自分の方に向けた。

彼の真直ぐな瞳。シャワーで濡れた栗色の髪。アルファーは動揺する自分に驚いていた。

思わず彼を色っぽいと思ってしまった。男の人にそんな事を思うのは変かもしれないが、彼女の心臓はドキドキしていた。

「シド……」

彼の熱っぽい真直ぐな視線に戸惑う。

彼の大きな手がそっとアルファーの頬に触れる。綺麗な顔が近付く。

愛の無いキスなんてごめんよ。

彼女は何時もこんな時必ずそう男に言って唇を許さなかった。男も目的は彼女の体だけだったので後腐れが無くて良いと思ったのだろう。皆、その言葉に従っていた。

でも、シドの視線の前に言葉が出なかった。体が動かなかった。

——どうしよう。

そう思った時、彼女は唇を塞がれていた。

キスは嫌いだった。嘘だから嫌いだった。偽りだから嫌いだった。

「!!」

体が震えた。怖かった。怯えていた。それは、とてもぎこちなくて優しくて情熱的だった。

こんなキス……初めてだった。

そっと、シドが彼女の震える唇を離して……互いの瞳と瞳が出逢う。

嫌じゃなかった。

「どうして……」

声にならない声で彼女が問う。その頬をツーッと涙が伝った。シドのぎこちない指が優しく彼女の涙を掬って。そしてもう一度、彼はアルファーの唇を塞いだ。

それが答えだった。

彼女は躊躇《とまど》いながらも瞳を閉じる。彼に逆らう事は出来なかったのだ。それどころか、彼に溺れそうだった。彼に身を任せてしまいたい様な気さえした。

……シドは小さくある事を呟いた。だが、その声はシャワーの流れる水音に消されてしまって、彼女に聞こえない位小さな囁《ささや》きだった。


何時の間にかアルファーは夢の中に居た。

シドの優しい腕の中で安らかな寝息を立てていた。その表情はとても穏やかにシドには見えた。夕焼けが終って、闇がすぐそこまで迫っていた。

体は疲れているのだが、彼はもう少し眠りたくなかった。眠ったら全てが夢になってしまうのではないかと思ったからだ。腕に感じるアルファーの頭の重さは現実を表している。けれど、今日一日の輝かしい出来事は、彼にとって如何《どう》考えてもまるで夢の様にしか思えなかったのだ。

そっと、シナモン色の髪を撫でてみる。少しウェーブの掛かった髪はとても柔らかかった。自分と同じシャンプーの香り。

時に、神の悪戯でこんな事もあるのだろうか。ふと、そんな事を思う。

愛し合う行為をしていた時、アルファーは……体を小刻みに震わせていた。

そんな彼女が愛しくて何度も何度も「アルファーシャ」と、彼女の本当の名前を呼んだ。噂で聞く彼女とは全然違う様な気がしてならなかった。

彼女も「シド」と、何度も自分の名前を呼んでくれた。まるで俺の気持ちに答えてくれるかの様に。

……初めてキスをした時、彼女は涙を流した。キスに秘められた俺の思いに気が付いたのだろうか。それとも余りに唐突だったから驚いたのだろうか。

アルファーは全く抵抗しなかった。そのまま……全部受け止めてくれた。うれしかった。

そっと、彼は羽根布団を掛け直すと静かに瞳を閉じた。睡魔が襲ってきたのだ。もう暫く美しい夢を見ていたかったのに……。

どれ位眠っただろう。アルファーはシドの優しい腕の中に居た。

彼の腕の中は居心地が良かった。

何だろう。ラベンダーだろうか？　ハーブの様な香りが優しく漂っていた。

とても気持ちの落ち着く香りだった。

辺りはすっかり暗くなっていて、ふと見たデジタルの時計は九時を過ぎていた。

彼はまだ安らかな寝息をたてて眠りの世界の住人だった。なのに、確《しっか》りとその手はアルファーを抱きしめている。

……どうして泣いてしまったのだろう。

そっと自分の唇に触れてみた。思わず赤くなる。

あんなキスは初めてだった。生まれて初めてだった。

あのキスの意味を……彼女は気付いていた。

まさか……自分で自分の考えを打ち消す。そんな事、ある訳無いじゃない。

気付かれないように、そっと彼の栗色の髪に触ってみた。柔らかい髪……。まつげ、意外と長いんだ。薄明かりの中で、優しく穏やかな表情で彼を見つめていた。

その時、ゆっくりとその瞳が開いた。

思わず慌てて「ごめん、起こしちゃったかなぁ。」と言う。多分、自分の顔は真っ赤だろうなと、アルファーは恥かしくなる。

まぁ暗くて見えないだろうが……。

彼はボーッと彼女を見ていた。まだ寝ぼけているのだろうか。

「腹、減らないか?」

優しく彼女を腕ほどき、徐にムックリと起き上がり、枕もとのランプを点けた。オレンジ色の優しい光がベッドの周りを照らす。そして、ガウンを着てドアの向こうに消えていく。

アルファーも起き上がると自分の借りていたガウンを素肌に羽織った。

「アルファー。こっちにおいで。」

彼の優しい声。導かれるままに部屋を後にして声のする方に行ってみる。

廊下に出るとキッチンだろうか、ドアから明かりが漏れていた。そちらに行ってみる。

「んっ……」

一瞬明かりが強く感じられて眩しくなる。

目が慣れるとそこにシドが居た。テーブルの上には食事が用意されている。同じ敷地の中に小さな家があったから、きっとそこに使用人が住んでいて彼の身の回りの世話をしているのであろう。

アルファーは少し居た堪れない様な気分になってきた。

「座って。」

椅子を引いてくれる。素直に座ってみた。

テーブルの上には素朴な西の国風の料理が並んでいた。材料の持ち味を大切にした口当たりが良く体にも優しい料理だ。

「口に合えばいいんだけど。」

そう言いながら、彼は向かいの椅子に座った。この国の統治下に置かれている西側に位置する彼の国の料理だ。大国のお姫様には田舎臭く感じられるであろう。少し不安に思いつつ、シドは食器を手にする。

「ワインか何かあけようか?」

舞上がっているのだろうか、食前酒を勧める事さえ忘れていたなんて……。

「んーっいい。すきっ腹に飲んだら回りそうだし……貴方、飲みたかったらどうぞ。それより、私こーゆーの好き。」

意外な彼女の言葉。気を遣って言ってくれているのだろうか。

「私、どーも兄様の趣味とかこの国の宮廷料理とか嫌じゃぁないんだけど、何かコテコテギトギトしていて合わないのよね。体調が悪い時なんか最悪よ、お腹を壊しちゃった事もあるわ。」

どーやら先刻の言葉は嘘では無い様だ。「いただきます」を言うのも忘れてパクパクと美味しそうに料理を食べていた。

ホッとする。

「ドレッシングや味付けに凝っているからなぁ。加工しまくっている感じだもんなぁ。特に宮廷の料理は見た目の美しさ、優雅さも大事にするから。」

彼女の兄君とこの国の国王陛下はとても仲がいい。趣味が合うからだろうか。美しいもの、豪華なものを好む御様子だ。

「素材をこねくり回しすぎなのよ。それにグルメは体に良くないわ。油・塩・砂糖、使いすぎは美容と健康の敵よ。」

今時の若者の言葉にはあり得ない言葉だった。それは、まるで生活習慣病か何かの病気に悩む人の様な言い方だ。シドは彼女が酷く不憫に思えてならなくなる。言葉や話題がその人の生活を語る。

体の持っている物全てを使い込んで、ボロボロになって命カラガラ、任務先から帰ってくるのが当たり前になっている彼女だ。その後の体調回復の為の自己管理はさぞかし大変であろう。普通、彼女の年頃の女の子は食べたい盛りで、そんな事は考えないで好きなものを好きなだけ食べているものだ。もっとも、ダイエットを考えている子は別であろうが。

「ねぇ。それより……」少し言い難そうに彼女が話し出す。

「私がここに来た事を、このお料理を作ってくれた人は知っている訳でしょう。……貴方は困るんじゃぁないの。」

料理は全て二人分用意してあった。

「どうして？」シドは食事を口に運ぶ手を止めた。

「だって、貴方は次期国王になる人よ。こんな事、他の人に知られちゃぁマズクない？」

彼女の言葉にフッと彼は微笑んだ。

「心配してくれているのか。けど、君だってそうだろ。」

「私は姿も形も変えているから……でも貴方はそのまんまじゃないの。」

ジッと、こちらを見つめる鳶色の瞳。

「ごめんね。迷惑かけちゃって……」

今にも泣いてしまいそうな瞳。

「心配ないよ。ここの世話をしてくれているのは、昔から家に仕えていた老夫婦で、俺を小さい頃から知っている。もう引退してゆっくり過ごして欲しいと思っていたんだけど、二人とも働き者でね。どーしても役に立ちたいって……それでこの別荘の管理をお願いしているんだ。」

「だったら……なおの事、悪い事しちゃったわね。」

益々困った顔。

「どうして？」

安心させようと思って言った言葉の筈なのだが。

「貴方の大事な人達に、貴方の事を変に思われちゃうじゃない。」

そんな事を心配していてくれたのか。

「大丈夫だよ。ずぶ濡れで君を帰す訳にいかないだろ。それに、その後の事だって、その……俺が望んでそうなった事だから、君は悪くないよ。」

胸がキュンとしたような気がした。彼の言葉は、それはそれは嬉しいものだった。アルファーにとって優しさの溢れた言葉だった。

「でも……」

「でもじゃない。さあ、食べよう。」

そう言って彼は食事を口に運ぶ。アルファーはそんな彼の姿を見つめる。

……私の事、大事に思ってくれているのかな。

もっとも彼の身分の事を考えたら、下手に何処かのホテルに行くよりも身内の所の方がまだ安心なのかも知れない。それとも、こーゆー事は彼も、彼に仕える人達も慣れているのかな。

「アルファー。君の弟は、アレンとは何か繋がりがあるのか？」

話題を変えてみた。

「ううん。シャリアは私が連れてきたの。アレンや兄様とは関係ないわ。あの子は戦災孤児で施設に居たのだけれど、施設の在るその村が爆撃に遭《あ》って……酷かったわ。彼以外、皆死んでしまった。その情報を掴んだから救出に向かったんだけど、間に合わなかったの。その時、私は部隊の隊長だった。」

「……そうだったのか。」

かえって悪かったかな。嫌な思い出を穿《ほじく》り出すみたいな事になってしまったか。一瞬心配した。

「あの子、私に何て言って家に来たと思う。私にくっついて来て離れなかったのよ。この国の施設に預けるつもりだったんだけどね。子育てなんて私に出来る訳無いしと思っていたから。」

笑顔に戻っていた。そう言いつつも彼女はとても弟のシャリアを可愛がっていた。

「何て言ったんだ？」

大いに興味があった。

「お姉ちゃんに付いて行けば〝僕の運命が変わる〟と思うんだって言うのよ。あんな小さな時から、まだ十歳よ。あの頃から理屈っぽかったのよ。」

「えっ……」

思わず、シドはフォークを落としそうになった。何故なら……。

「……俺も同じ様な事、スカイに言われたよ。」

「スカイって、貴方が連れてきたの？」

とても驚いた様子だった。

「あいつ、連れてけって駄々こねたよ。珍しいだろ。聞き分けのいいあいつがだぜ。どうしてかって聞いたら、〝運命が変わるから〟だってさ。だから、俺に付いて行かなきゃどーしても駄目なんだって。」

アルファーはフウンと笑った。

「結局、私も貴方もそれを信じちゃったって事ね。」

「そうなるな。」

シドも笑っていた。

……運命が変わる。

シドもアルファーも何も特殊な力を持っていない。後で分かったのだが、シャリアとスカイは、とてつもなく大きな力を秘めていた。二人共、未来を予知していたのだ。だから運命のキーを握る者の現れた時、その者の側を離れてはいけないという事を、子供ながらにも絶対に譲れなかったのだ。

「私もねぇ。兄様に初めて会った時、そう思ったなぁ。」

一瞬、遠くを見詰める様な瞳に見えた。されど、彼女は淡々と話し続けた。

「父が策略に嵌《はま》って、無実の罪で処刑され、母は自害して、私は国を追われ。その辺はまだ小さかったから全然覚えていなかったけど……私は、家に昔から仕えていた爺に育てられたの。二人きりで山の中で暮らして、けど穏やかで幸せだったと思う。でも十二の誕生日を目前にして爺は死んじゃった。歳が歳だったし、無理ばかり私の為にしてくれていたから……その日、その日に兄様がやってきたのよ。その時、何となくだけど思ったわ。この人が私の運命を変えるって……」

何でこんな事を言っているのだろう。喋りながらも、アルファーは頭の隅でそう思っていた。けれども止まらなかった。

「後で気が付いたんだけど……兄様には分かっていた筈よ。御父様が反旗を翻《ひるがえ》す様な事などするはず無いって。彼は、もの凄い力の持ち主だから人の心を読む事なんて造作も無い事。なのに、彼は父を落とし入れようとした側近達の言い成りになっていた。愚かな王族同士の権力争いを黙って上から笑って見下ろしていたのよ。その後で、私を引き取ったってその罪は消える訳ないのに……」

その時、今まで見た事も無い様な表情を彼女はしていた。表情……むしろ表情も何も無いのかも知れない。まるで心が凍り付いてしまっているかの様に……。

シドは言葉を失っていた。

彼女の背負ってきたモノの重さに驚いていた。自分が思いを寄せていた女の子がこんなに辛い思いをしてきた事がショックだった。そして、辛い思いを沢山背負って生きてきた彼女に、何て言ってあげたらいいのか全く考えがつかなかった。

「ごめん。変な事、話しちゃったわね。」

彼のそんな気持ちに気付いたのか、アルファーは笑顔を見せてみた。そして再び、料理を口に運んだ。

「いいや。そんな事ないよ。……君の事、もっと知りたいし。俺に話して少しでも気持ちが楽になるのなら、話してほしい。」

思いも寄らない彼の優しい言葉に、アルファーは思わず又食器を持つ手が止まってしまった。

「ありがと……」

嬉しかった。こんな事言ってくれる人、今まで誰も居なかったから。

「食べよう。お腹がすいては元気が出ない。」

努めて明るく彼が言ってくれる。

「うん。」

そして、食事は再開された。それは彼女にとって、とても心温まる晩餐だった。


食事が終ると二人はリビングで寛いでいた。

シドがコーヒーを淹れてくれたので、彼女はソファーに凭れてカップを口に運んでいた。

彼はその隣でテレビの画面を眺めている。

「あれっ、これ君じゃないよね。」

ニュースでアルファーの国の事が報道されていた。画面を見ると、兄君とそして確かに彼女が映っていた。隣国に訪問している様子だった。

「この子は私の〝影〟なの。」

王やその家族が身を守る為に影武者がいるのはよくある事だ。

「へーっ。良く似ているね。」

そりゃーそーだ。似ていなきゃ意味が無い。

「とってもいい子よ。〝ヒナタ〟って名前なの。」

「ふーん。影らしからぬ名前だね。」

シドは二人の顔を見比べる様に画面と彼女の顔を何度も見た。

「だから、そう私が名付けたのよ。」

影として生まれた悲しい宿命からは逃れられないが、少しでも幸せになって欲しいから。何時か「日なた」に出られる時が来て欲しいから。もっともそれは、私が死ぬという事でもあるのだ。それでも……人に縛られる人生なんて私だったらゴメンだから、私の様になって欲しくないから、せめて名前だけでも……。

「でも、これじゃーバレないか？」

「えっ……」

シドがドキッとする様な事を言った。それは、絶対にあってはいけない事でもあるのだ。

「君じゃないって分かるだろう。普通……」

真顔の彼。

「えっ。どうして？」

不思議な顔をする彼女。

「だって、全然違うじゃないか。」

まるで当然の事を言っているかの様に彼は言った。

「えーっ!!」

彼女は首を思い切り傾げ、驚きのあまり眉間にシワまでこしらえてしまった。それは彼の意見に思い切り反対している表情でもあった。

今まで気付かれた事は一度だって無かった。側近や双子の兄達でさえ間違える程、彼女と影は似ていたし、影は彼女のコピーなのだ。全く同じ遺伝子を持ち、成長段階も一ミリの狂いも無く造ってあるのだ。だから、間違えない方がおかしいのだ。ちょっとした癖や喋り方、洋服の趣味や好きな食べ物など、時にアルファー本人も戸惑う程二人は同じなのだ。影はそういう風に造ってある。

「彼女は姫の顔をしていないよ。」

冷静に言った彼の、深くて青い海の瞳がアルファーの鳶色の瞳を覗き込んでいた。

……ドキドキする。

この人は本当に私と影を見分けてしまうかもしれない。そしたら……そしたら私は……。

その先を思いかけた時。まるで見透かしたかの様に、行き成り彼はフッと笑った。……心臓が止まるかと思った。しかし……。

「コーヒー、もう一杯飲むかい。」

拍子抜けしてしまう。

アルファーは「頂くわ。」と、何事も無かった様に緩く微笑んで見せた。

彼は二杯目のコーヒーを淹れにキッチンへ向かった。

ふーっと、アルファーは吐息を漏らす。……全く、何を私は期待しているのだろう。馬鹿だ。

ソファーに体を深く沈めてテレビの画面を眺めた。もう違うニュースに移っていた。

……疲れているのかな。

この数年というもの、走りっぱなしで生きて来た様なものだった。最前線に赴いたり、スパイ活動、情報の操作などの危険な任務の数々。

それとも、余りに彼が今まで付き合った男達とかけ離れているから戸惑っているのかな？

まぁ、いいや。……目を閉じた。

ここは、とても気持ちが落ち着く。シドが優しいからかな？　海の音が聞こえるからかな？　それとも、お部屋のあちこちにハーブを使った小物が置いてあるからかなぁ？　いずれにしても、心地がよい事には変わりは無かった。

「幸せ」ってこーゆー風な時に使う言葉なのかも知れない。

ぼんやりと、そんな事を思った。彼女はその事、「幸せ」については良く分からなかったが、一つだけ分かる事があった。

だって……このまま死んでしまっても何にも悔いは残らないだろうから。

シドがコーヒーを淹れてリビングに戻ってきた時には、彼女はスヤスヤと眠っていた。

そんな彼女の様子を優しく見つめる。

自分のテリトリーの中で安心して寛いでくれるその姿を、彼は〝愛おしい〟と思った。

……髪を、気付かれない様に、そっと撫でてみる。その柔らかい感触が「これは夢でなく現実を表している事」を証明している様で益々愛おしく感じられた。

彼女の安らかな寝顔を、シドはそれから暫く優しい表情で眺めていた。それは彼にとってとても幸せな時間だった。

二杯目のコーヒーをゆっくり飲み干した後。アルファーが完全に寝付いてしまって起きそうにないと判断したので、そっと抱き上げて寝室に運んだ。

意外にその日のアルファーは無防備だった。

シドだからそうなのだろうか。それとも偶々の気紛れだろうか。

それは後に、彼女自身が自分の中に答えを見つける事になる。

……彼とはチョット勝手が違った。

アルファーは、シドの腕の中に完全に目覚めていない体を預けながら、まだ上手く働かない頭の何処かでそう思っていた。

それまで彼女と付き合う男は何時も体だけが目当てだから……やる事をやってしまったらサッサと帰れと言うような男が多かった。もっとも、その方が後腐れがなくて良いのだが。

気が付いたら、ベッドの中で優しくシドに包み込まれて眠っていた。

こんな事もあのキスも……全てが初めてだった。戸惑ってしまう。でも、その心地よさに溺れそうになる。

「帰ろう」……怖くなった。

そっと、シドの腕を振り解く。そして静かにベッドを抜け出した。

迷惑をかけっぱなしだが、そのまま早く帰ろうと思った。

あとで電話をしてもいいから。

「アルファー……」

寝ぼけた様なシドの声。……気付かれた。

「あっ、ごめんなさい。」

慌ててそう言った時。シドはムクッと起き上がりアルファーをギューッと抱きしめた。

「黙って帰ろうとしただろう?」

図星だった。

「だって、貴方は今日は仕事だろうし。それに……」

抱きしめられる腕の力が少し痛かったが、それが堪らなく嬉しかった。

「それに……なんだよ。」

大きな彼の手がアルファーの頬を包み、深い海の色の瞳が真直ぐに彼女を見つめた。

「それに……迷惑かけちゃったから……」

思わず目を逸らしてしまう。答えにもなっていなかった。

「そんな事ないさ。」

パフッと腕の中にアルファーを包み込んだ。

「ゆっくりして貰えたら嬉しいと思っているから、気にするな。」

髪を撫でてくれた。「それに……」優しい大きな手で。

「それに？」今度は彼女が問う番だった。

「朝ご飯も食べていないじゃないか。」

こちらも何かをはぐらかした様子だった。

「これから朝食を一緒に食べて、仕事に行く前に君を送るよ。」

デジタルは六時半を指そうとしていた。十分、そうしても仕事に間に合う時間だった。

「でも……」

「でもじゃないよ。」

少し強引な言い方だった。

「俺がそうしたいの。」

そう言って照れくさそうに笑った。

結局、アルファーはしっかり朝食を頂いて送って貰う事になってしまう。

帰りの車の中で信号待ちをしている時に、彼はそっと空いている手で彼女の片方の手首を掴んだ。

「……次の約束をしてもいいかい？」

深い海の色の瞳は真直ぐに信号の方を向いていた。その綺麗な横顔を見つめながらアルファーは、静かに「いいわよ。」と囁いた。

信号が青に変わって車がスムーズに発進しても、シドの大きな手は彼女の腕をずっと掴んでいた。


「じゃぁね。」

家の前でそそくさと車を降りようとするアルファーの肩を、シドは強引に掴んで自分の方へ向ける。

「どうしたの？」

驚く彼女を無視。そっと彼は彼女の顎を上に向かせた。

綺麗な彼の顔が近付く。けれど……。

「誰かに見られたら困るでしょう。」

フッと笑ってアルファーは逃げようとする。

「かまわないさ。」

迷いの無い言葉だった。海の色の瞳が近付き、そして閉じられる。

強引な、情熱的なキスだった。

「アッ……」その後ギュッと抱きしめられる。

逆らえなかった。このままずっと抱きしめていて欲しいと思った。

そっと彼は……ボーッとしているアルファーの体を優しく離すと、車から降りて助手席のドアを開けてくれた。

「……じゃ、又。」

緩く微笑む彼を、まだ夢見心地でアルファーは見て車から降りた。

「うん。じゃぁ。」

……このまま別れたくないような気さえしていた。そんな自分に気付いて凄く戸惑う。

だが、彼は車に乗り込むと一度だけクラクションを鳴らして、直ぐに行ってしまった。

これから仕事に行かなければならないのだ。あっという間に車が遠ざかって見えなくなる。

アルファーはそれを見届けるとゆっくりと家の門をくぐった。そして「ただいま。」わざと元気な声で言ってみる。

靴を脱ぐ。すると、弟のシャリアが口をモグモグさせながらやって来た。朝食中だったらしい。その何時もと変わらぬ顔を見てホッとする。同時に、アルファーは一気に現実に引き戻される。

「おかえり姉さん。昨夜は何処に行っていたの？」

スリッパを履く。

「男ん所。」

馬鹿正直に言う。しかし、

「またそんな事言って……どうせエレンさんの所かどこかだろ。」

呆れた顔のシャリア。

どーやらアルファーは弟には妙に信用されているらしい。

「まっ、そんなとこよ。」

否定はしない。めんどくさいからだ。

ダイニングキッチンと一緒になっているリビングルームに向かう。

「ふぁーっ」と、一つ大きな欠伸をする。

「朝飯は？」

シャリアが訊ねる。

「食べた。」

ふとテーブルの方を見る。お皿にジャムの付いたパンが乗っていた。それとコーヒー。

それ以外何もテーブルの上には無かった。

「何よ。朝はキチンと食べないとダメよ。」

キッチンに立つ。パコッと冷蔵庫を覗く。

「もうすぐ時間だからいいよ。」

時計を見て、シャリアは急いでパンを齧《かじ》る。

「全く。私がいないと本当にいーかげんなんだから。」

普段は姉の分まで立派な食事を作ってくれる様な弟だった。

「一人だとついつい……」

笑ってごまかしてみる。

せめて、と思い、アルファーシャは野菜ジュースを冷蔵庫から取り出し、テーブルの上に置いた。

「これを飲む位の時間はあるでしょう。」

溜息を吐いて見せる。

「俺、野菜ジュース嫌い。」

ソロソロと姉の顔を見て言ってみる。

「好き嫌いは許しませんよ！」

やっぱり怒られた。

怒られつつもシャリアは嬉しかった。心配して言ってくれているのが良く分かるからだった。彼にとってアルファーはただ一人の身内だ。血は繋がってはいないのだが、それでも大切な姉だった。

姉の悪い噂は、彼の耳にも届いていた。けれど……彼は自分だけは姉を信じて居たいとそう思っていたのだった。

「ほら、ぼやぼやしていると遅れるわよ。」

「いけね。」

こんな毎日がずっと続けばいいと思っていた。

続くものだと思っていた。


真剣に、アルファーはロールキャベツを作るべく、肉のミンチにキャベツを巻いていた。弟に好物を食べさせてあげたかった。それと……何か目標を持って何かしていないと頭の中がグチャグチャして、どうしようもなくなりそうだったからだ。

シドの事が……頭から離れなくて……。

考えれば考えるほど自分が解らなくなってしまって……。

だから真剣にロールキャベツを作っていた。

彼は……私との事を誰かに知られてもいいのだろうか。普通、私なんかと付き合う時は周りに悟られない様にする。社会性とか地位とか名誉とか、とにかく世間体を男は気にするから。

でも、彼は家まで私を送ってくれた。

この家は騎士団のメンバー達が住む住宅地の一角にある。

隣がF・G・C№6のスカイ・アプルスイートの家。そのまた隣が№2のシドの家で……手が止まってしまう。

アルファーは意識してミンチを包む手を動かした。

全て支給された家で、身分の割には普通の住宅となんら変わらない。中には分相応の邸宅を支給されて持つ者もいるが。国民の血と汗の結晶である税金を余計な事に使いたくない思いと、広さも住み心地もこの家で十分なので、アルファーもスカイもシドもここに住んでいた。

「もーもーもーもー分かんないよっ!!」

思わずそう叫んだ時、気配を感じた。

「こんにちは。」

庭先で声がする。スカイの家の方だが、彼の声ではなくて可愛らしい女の子の声だった。

こんな所に……部外者以外この住宅地に入る事はとても難しいのに。警備が凄く厳しいのだ。

急いで手を洗って、庭に出る大きなガラス戸を開けてみる。すると可愛らしいオーバーオールのジーンズ姿の少女がいた。スカイの家の庭から身を乗り出して、ヒョコっとこちらを覗いている。

「あら……」

見覚えがあった。が、直ぐには分からなかった。

「この前は助けてくれてありがとうございます。」

ピョコン♪とお辞儀をする。……色素の薄い茶色の髪に、美しい赤い瞳。

宮殿で会ったあの子だった。あの時と余りにも着ているものが違いすぎて、パッと見では分からなかったのだ。

「アルファーシャ、ユウがお世話になったみたいだね。」

スカイも顔を出す。手には、多分パンの生地だろうか、白い丸まった物を持っていた。

彼はパン作りを趣味としていた。

「いらっしゃいよ。」

声を掛ける。その声にユウがパッと笑顔になる。

「ユウ、遊びに行っておいで。僕は、もうちょっとこいつと格闘だ。」

優しいスカイの声。

「うん。」

ユウはニコニコだ。

「アルファーシャ、頼んだよ。パンが出来たら届けるよ。」

彼はそう言ってパン作りの戦場へと戻った。

「分かった。楽しみにしているわ。」

ぴょこぴょこと可愛らしいお客様は早速、庭の垣根を越えてやって来た。

「いらっしゃい。」

思わず微笑んでしまう。そして部屋の中に迎え入れた。

「てきとーに座ってね。今、お茶を淹れるわね。」

キッチンに立つ。

「何か作っていたの?」

まな板の上を見てユウは言った。

「うん。ロールキャベツを作っていたの。弟のシャリアの大好物なのよ。」

アイスのココアを淹れてあげようかと考えていた。

「ロールキャベツ?」

ユウは首を傾げる。分からないみたいだった。

「あのね。お肉のミンチをキャベツの葉っぱで包んで、スープで煮たお料理よ。とっても美味しいの。一緒に作ってみる?」

材料は沢山あって、出来上がったらスカイの所にもおすそ分けしようと思っていた。スカイも好物なのだ。

「ユウも作る♡」

嬉しそうに彼女は言った。その前に……。

「あのね。この前はありがとう。」

チャンとお礼を言わなければ……。

「アルファーシャさん。あの後、困らなかった?」

不安そうなユウの表情に、アルファーは思わずその可愛らしい頭を撫でてこう言った。

「大丈夫よ。だからこーして暢気《のんき》にロールキャベツを作っているんじゃない。それに、めんどーだからアルファーシャかアルファーでいいわよ。」

「ありがとう。じゃぁこれからそう呼ぶね。ユウの事はユウって呼んでね。」

ニコッと笑うユウ。……何て可愛いんだろう。

アルファーは堪らず側に行ってオデコにキスをしてあげた。くすぐったそうにしているユウはとても嬉しそうだった。

「じゃぁ、作ってみますか。」

アルファーは笑う。

「うん♡」

ユウも微笑む。二人はすぐに仲良しさん☆になってしまった。

女の子二人のロールキャベツ作りは、それはとても楽しいものだった。綺麗に仕上げてスープを入れて、後はじっくりと煮込む。ユウは仕上がりが楽しみで楽しみで、何度もお鍋の中を覗いていた。何て言ったって生まれて初めてのロールキャベツなのだ。

そんな様子を目を細めて見ながら、アルファーはアイスココアを淹れた。

「ユウ。ココアの冷たいのが出来たわよ。」

テーブルの上に二つ並べる。

「わぁ♪　アルファーは色々な事が出来るんだね。スゴイね。」

目がまん丸のユウ。

「うん。初めは何も出来なかったんだけど、シャリアが家に来てから色々とやってみるようになったの。」

……よく鍋を焦がしたり火傷したり、手を切ったりしたっけ。

「アルファーって、イイお姉さんだよね。」

ユウはニコニコする。

「ありがとう。でも、それは本人に聞いてみないと分かんないわね。」

苦笑いをしながら、アルファーは椅子に腰掛けた。その向かいにユウがチョンと腰掛ける。

「いただきま～す。」

嬉しそうに冷たいココアをストローで飲み始めた。

「おいし～♡」

益々うれしい顔になっている。

「良かった。」

アルファーも飲んでみる。丁度いい甘さで美味しく出来ていた。今日は少し暑い日なので冷たい物が一層美味しく感じられた。

「アルファー……あのね。」

言いにくそうにユウが話し出す。

「なぁに？」

優しい口調で訊ねてみる。

「アルファー……好きな人居る？」

ユウは恥かしそうに目を逸らす。

……好きな人。一瞬、シドの顔が浮かんでしまった。でも……。

「うーん。」

アルファーは考え込む。しかし正直に言った。

「まだ、分かんないや。」

ココアを一口飲む。

「その人とはね。会ったばっかりだから、まだ良く分かんないの。だけど、気になっちゃって。どーしていいのか分かんないのよ。」

……ユウはルース様が好きなのだろうか。そんな事をアルファーは思った。女のカンは良く当る。

「シドの事?」

ブッ!! と、ユウの言葉にアルファーは思わず噴き出してしまう。ココアをすすっている最中だった。

思いも掛けないこのオチビさんの言葉にスゴク慌てる。

「……どうしてそう思ったの?」

冷静を装いつつ聞いてみた。

「あのね。今朝ね。見ちゃったの♪」

ゲッ! あちゃーっ! 見られてた。見てたのね。……見られちゃったのね。

カーッとアルファーは顔が赤くなってゆくのが分かった。

「何かね。いいなぁと思ったの。」

ユウはニコニコしている。

「……ユウ。その事、スカイは知っているの？」

とっても恥かしかった。

「ううん。ユウだけだよ。他の人は知らないよ。」

ユウがそう言うのならば、きっと他の誰も知らないのであろう。ホッとする。

「内緒にしておいてね。きっとシドが困るから……」

少し寂しい気分になる。私なんかと付き合っているとバレたら、彼はきっと迷惑な思いをするだろうから。

「困る？」

ユウは首を傾げる。

「どうして困るの？」

「……色々訳があるのよ。」

何て説明していいのか判らなかった。

「シドは困る事、しないよ。」

……意味を解って言っているのだろうか。ユウは時々大人の顔を覗かせる事がある様だ。

「そうね。」

「微妙な時期って事かなぁ？」

ユウは大人が言う様な難しい事を言っていた。全く本当におませさんだ。

「そ、そーゆー事になるのかしらね。」

アルファーはタジタジだ。

……スカイが迎えに来たようだ。

「へーっ！　やっと一段落ついたよ。」

ガラス戸が開かれる。パンの出来は上々の様子だ。笑顔が漏れている。

「アイスココア飲む？」

アルファーがキッチンに立つ。後は氷を入ればいい様に、スカイの分も用意していたのだった。

「サンキュー。喉がカラカラだったんだ。」

プラチナブルーの髪が揺れる。そして嬉しそうにユウの隣に腰を落ち着けた。

「今日は少し暑いわね。」

グラスに氷を沢山入れる。

「そうだね。心配してたけど、パンの発酵が上手くいって良かったよ。」

「良かったわね。」

濃いめに作っておいたココアを注いでよく混ぜる。

「何を話していたんだい。」

ユウに話し掛けたスカイの言葉に一瞬、アルファーはドキッとする。が、ユウは「ないしょだよ。」と可愛く笑った。

「アルファーと内緒話をしていたのか。」

頭を撫でる。

「お友達が出来て良かったね。」

優しい空の色の瞳。……きっと彼の名前の由来は、その綺麗な瞳の色にあるのであろう。

「うん♪」

「はい、どうぞ。」

空色の瞳のスカイに、出来上がったココアのグラスを手渡すアルファーはそう思っていた。「ありがとう」スカイは早速、嬉しそうに口に運ぶ。

「あーっ美味しい。」

「でしょう♪　アルファーは上手だよね。」

スカイとユウ、二人揃ってニコニコだ。

「……よかったわ。」

ロールキャベツの鍋の様子を見ながらアルファーは微笑んでいた。それにスカイが気付く。

「あれっ。もしかしてそれは……」

鼻をクンクンさせる。

「あのね。ロールキャベツだよ。ユウもお手伝いしたの。」

嬉しそうなユウに「そうか。お手伝いしたのか、すごいねぇユウ。」

スカイは誉めまくる。甘々だ。気持ちはよーく分かる。

「持って行くといいわ。そう思って沢山作っていたのよ。」

優しい口調のアルファーにスカイは「すっげーうれしい!!」と大きな声で言った。

「あーでも、パンが家にあるから皆で一緒に食べない？　もうすぐシャリアも帰ってくるだろうしね。」

名案だった。

「それスゴクいい♪」

ユウも大賛成だ。

「じゃぁ、そうしましょうか。」

賑やかな方が楽しそう☆

「決まり♡」

ユウがとても嬉しそうに言った。

「アルファーシャ。シドにもパンを上げる約束をしていたんだけど……誘ってもいいかなぁ？」

スカイがそう訊ねた。その言葉に一瞬ドキリとした彼女だったが、「いいわよ。」と快く承諾する。

「けど……今日も遅くなるかなぁ。」

スカイは残念そうに言った。

「遅くなりそうなら、シドの分を取っといてあげましょうよ。仕事なら仕方ないでしょう。」

「アルファーシャは優しいね。」

空色の瞳が微笑んでいる。

「そんな事、ないわよ。」

鍋の火を細くする。

……優しいのはシドよ。そんな事を何故か思った。

と、ユウがジーッとこっちを見ている事にアルファーは気付く。目が合うと……笑った。

うわーっ!! はずかしーっ!!

キスをしている所をユウに見られた事を思い出してしまった。

「ユウは普段、スカイの家にいるの?」

急きょ話題を変えてみる。

「僕の休みの日は大体、家にいるよ。後は殆《ほとん》どお城だよ。」

「うん。でもね、こないだアルファーが助けてくれた日からズットね♪スカイ兄さんの所に居るんだよ。ユウもお休みを貰ったの。」

そうか、あの日から……。

「良かったわね。」

……暫く一人で考えてみると、ルース様は仰っていた。アルファーもその事を勧めた。

「うん。」

ユウは無邪気だ。その無邪気な笑顔を決して壊してはいけないとアルファーは思う。

「さーて、今日はパンとロールキャベツパーティーだ。」

アイスココアを飲み干したスカイは嬉しそうに立ち上がった。

「うん。パーティーだね。」

嬉しそうにはしゃぐユウ。

「もうイイ感じだわよ。」

美味しそうにロールキャベツが出来上がった。

シャリアもお腹を空かせて、もうそろそろ帰って来るだろう。


育ち盛りのお子達は〔?〕食べる食べる。その食べっぷりは見てて気持ちいい位だった。

ユウは三歳、シャリアは十八歳、スカイはチョット彼らよりは年寄りだが、とても食欲が旺盛だ。おかわりの連続だった。

何故か、そういう時はアルファーが子供達のお母さん役みたくなってしまう。……まぁそれも楽しいけどね。ゆっくり食べる暇がないのだ。

お腹が一杯になってユウとシャリアがゲームで遊び始めた時、やっとアルファーの御飯の時間となった。スカイは食べ終わったのだが、お茶を淹れてテーブルの向かい側で彼女の食事に付き合ってくれていた。

「子育てって結構大変なものなんだね。」

ゲームをキャーキャー言いながら楽しんでいるユウを、優しい眼差しで見詰めながらスカイは言った。

「まだ、お互い聞き分けのいい子だったからいいわよ。」

アルファーはシャリアを見た。シャリアが十歳の頃から面倒を見ている。

「……ユウの事、どう感じる?」

スカイが、その空色の瞳をアルファーに向けた。

「貴方の方が、力が強いんだから分かるでしょう。」

静かに微笑む。

「そうだけどさ。」

目線を手にしていたティーカップに落とす。

「皆、何をそんなに怖がっているのかしらね。……あの子の着けているピアス、E・S・

Ｐ制御装置でしょう。あの子にそれが必要なのかしらね。」

ユウは幼いなりにもキチンと悪い事と良い事の分別のついている子だ。力のコントロールも出来ている。それなのに何故、力の制御が必要なのか、彼女には理解出来なかった。

「それに、どうして城に閉じ込めておかなきゃならない訳。まだあの子は自分自身の事を決められる様な歳じゃないでしょう。それなのに可笑しいわ。」

……可愛そうに。力の強大な故に自由を奪われているのか。

スカイは何も答えなかった。答えられなかった。結局、自分もユウを閉じ込める側の人間になっているからだった。けれども、ユウの幸せを切に祈っていた。それは、揺るぎ無い本当の気持ちだ。

「男って勝手ね。力尽くで何でも自分の物にしようとするんだから。相手の気持ちなんてお構い無しに。」

……兄を思った。あの人も同じ様な事を私にしたから。

「もっとも、あの子は誰よりも強いから……いざとなったら一万光年位も逃げちゃえばいいのよ。」

遠い目をしてアルファーは言った。

きっと、彼女は自分の言った言葉の意味を良く解ってはいないのかも知れない。だが、彼女が今、スカイにそう言った事は偶然ではない。

……世の中に偶然なんてものは無い。全て必然だ。そして、言葉というものは〝言霊〟と言って、それ自体大きな力を持っている。何の気無しに言った事が、その通りになるというのは良くある事だ。〝言の葉〟とはそういうものだ。スカイはそう感じていた。だから、アルファーの言葉を未来に起こりうる出来事だと受け止めていた。……少し寂しい気はしたが。

「ユウは私の様になって欲しくないわ。」

真直ぐに、アルファーはスカイを見詰めた。

「優しいね、アルファーシャは……。」

何て言ってあげていいのか分からなかった。けれどスカイには見えていた。彼女の大きな苦しみを越えた先の輝かしい未来が……。

結局、シドは十時近くになってもスカイの家に現れなかった。

「スカイ、小鍋を貸してね。」

勝手知ったる他人の家の台所。シンクの下から鍋を取り出しながらアルファーが言った。

「いいよ。」

「ユウもロールキャベツ好きみたいだから、シャリアの明日食べる分を少し貰って、大鍋の方を置いて行くわ。」

手際よく小鍋によそう。

「ありがとう♪」

スカイもとっても好物なのだ。

「シドには、どうしたらいいかしら？」

小鍋の蓋を閉める。

「遅くなっても家に来るように電話を入れといたから大丈夫だよ。」

スカイが微笑む。スカイはシドが大好きなので、他の人に気遣って貰えると嬉しいのだった。

「……そう。じゃぁいいわね。」

アルファーはそれだけ言った。しかし心の中は複雑だった。

シドに会えなくて残念な気持ちと、会えなくて少しホッとしている気持ちと……二つの逆の気持ちがその胸に渦巻いていたからだ。

「じゃぁ。お休みなさい。」

シャリアは先にパンを沢山頂いて帰っていた。ユウはお風呂だった。お子ちゃまはもう寝る時間なのだ。

「お休みなさい。ロールキャベツ沢山♪ありがとう。」

スカイがガラス戸を開けてくれた。アルファーは庭の方から自分の家に戻る。

自分の家のガラス戸を閉める時、暗闇の中を車の走る音が聞こえた。

きっと、シドの車だ。エンジン音で分かる。今日は色々な事があったなぁ。……アルファーは思い出す。

一日がとても長く感じられた。

キッチンに小鍋を置いてからリビングスペースのソファーに腰掛けた。

……今日は本当に色々な事があった。でも、思い出すのは全て彼の事。

どうしても……シドを想う自分に戸惑いを隠せなかった。


「……疲れた。」

スカイの家に入ってからのシドの第一声はその言葉だった。

制服の上着を脱いでソファーに投げて、ドッカと自分の身もそこに落ち着かせた。

「お疲れ。飯は?」

スカイが料理の鍋を温め直す。

「軽く食ったけど腹減った。」

シドがそう言うと思っていたからだ。

「いい匂いだなぁ。」

スカイの方を見る。

「アルファーシャがロールキャベツを作ってくれたんだよ。さっきまで居たんだけど、もう遅いから帰ったよ。」

「ふーん。何でも出来る姫様だなぁ。」

何時もと変わらない様子をスカイには見せるシド。だが、その心が大きく波打っている事は、誰より彼自身が非常に良く解っていた。

ずっと一緒に居て、今朝別れたばかりなのに、アルファーに会えなくて残念だと思う。彼は静かに目を閉じた。

……噂は、嘘だと思った。それは彼女に触れてよく判った。

彼女は……俺の気持ちを感じ取ったのか、酷く怯えていた。アルファーシャはとても可愛い女の子だった。そして……とても、とても悲しい寂しい子でもあった。

「にーちゃん、出来たよ。」

スカイはテーブルに温めたロールキャベツと冷蔵庫に入れてあったサラダを取り出す。アルファーシャが即席で作ってくれたサラダだ。そして、彼の自信作のパンを並べた。

「サンキュー。」

シドは立ち上がってテーブルに着く。

「うまそうだな。」

その匂いにお腹が鳴ってきた。

早速ロールキャベツを食べてみる。

「うまいっス」

「でしょ♪　アルファーシャの作るロールキャベツは絶品なんだよ。」

スカイはニコニコだ。

「凄い姫様だなぁ。」

口をモグモグさせながらシドは言った。

「シャリアの為にがんばったんだよ。なんてったって、元々大国の姫だから初めは大変だったみたい。」

昔の彼女の事をスカイは思い出す。

「指がバンソーコだらけになってた時もあったよ。それでも、こんな小さい子に外食ばかりさせられないって言って、頑張っていたよ。」

「アルファーシャらしいな。」

あれでいて結構確りしている所があるから……シドは思わず微笑んでいた。

「ねぇ、にーちゃん。昨夜は何処に行っていたのかな？」

空色の瞳が少し悪戯っぽく笑っている。

「昨夜、帰って来なかったでしょう。」

ニコニコ♪

シドは平静を装い「仕事が忙しいからなぁ。」と、トボケル。

「アルファーシャも居なかったみたいだよ。シャリアがブーブー言ってたから。」

「へーっ、そうなんだ。」

知らん顔をしようとした。

「にーちゃん良かったね♪」

嬉しそうに微笑むスカイ。

シドは一瞬ドキッとする。が、「何を言ってんだか……」相手にしない。ロールキャベツのスープを口に含む。

「だって、ずっとずっとアルファーシャの事、好きだったじゃないか。」

「ブッ!!」

思わず口にしたスープを吹き出してしまった。

ばれてーの。ばれたーの。ばれていたのね。

「何言ってんだよ!!　馬鹿な事言うなよっ!!」

図星だった。

「だって本当の事でしょう。にーちゃんが誰を見ているか、誰を好きか位、僕には解るよ。」

……誰にも知られない様に隠していたつもりだった。

「にーちゃんがアルファーシャを見る目がすっごく優しいから……だから、解っていたんだ。」

スカイはフワッと微笑んだ。

この笑顔の前では、もう変な言い訳も何も効かない事は、シドはよーく理解していた。

「アルファーシャ、いい子でしょ。」

空色の瞳がシドを見詰める。

「……そうだな。」

汚れた口の周りとテーブルとを拭きながらそれだけ答えた。

「何時からなの？」

スカイの興味は尽きない。

「まだ、そんなんじゃないよ。」

それは本当の事だ。

「ふーん。なのに行き成りお泊りなんて……にーちゃん、す・け・べ♡」

思い切り茶化されてしまう。なのに敢えて、シドは黙っていた。

「にーちゃんオクテだと思っていたけど、随分手が早かったのね。」

……こいつ、思い切り人をネタにして遊んでやがる。ついでに喜んでやがる。「にーちゃん……」スカイが言いかけた時。「うるせー!!」爆発する。

「きゃー!!　怖いわー!!　ぼーりょく反対よーっ!!」↑喜んでいる。

「オカマ言葉を使うなーっ!!　気色わりーじゃねーかーっ!!」

何時もの、また変なコミュニケーションが始まった。

その様子をお風呂から上がって来たばかりのユウが楽しそうに見ていた。彼女には二人が漫才コンビの様に見えたのだった。


二度目に会うシドとの約束は、どうやら普通のデートっぽかった。

アルファーシャは着ていく物に迷っていた。普通の若者らしいデートなんてした経験が無かったからだ。

「うーん。」

クローゼットの中をひっくり返しても、何を着ていいものか判らなかった。唯一、友達のエレンからプレゼントされた白いワンピースが〝それっぽい〟とは思ってはいたが……今の姿で一度も袖を通した事が無かったし、昼間に男と会う事なんて今まで無かったので、どーしたものか考え込んでしまった。夜のセクシー系のドレスは沢山あるのだけれど。

「参ったなぁ。」

本当に困ってしまっていた。とりあえず、そのワンピースを着てみる事にする。貰った時と違う体型になっているから心配だったが……入った。鏡を覗いて見たら丁度イイ感じだった。クルッと一回りしてみる。

「これにしよっかなぁ。」

案外楽しそうだった。

……エレンの見立てだから大丈夫だろう。エレンはアルファーと違って普通の子だ。服のセンスもイイと思う。ふと、鏡に映ったデートを楽しみにしている自分の姿に気付く。一瞬、いろんな悪い事が頭の中を過る。悪いクセだ。

……まぁいいか。

そう心の中で呟いて自分の映った鏡に挑戦的な目をした。

彼女は、この時を楽しむ事にしたのだ。


清々しい白いワンピース姿のアルファーシャをひと目見て、シドは息を呑んだ。……綺麗だった。

「変……かなぁ。」

一瞬動きが止まったシドに気付いたアルファーシャは、不安そうにそう言った。

「いいや……とても綺麗だよ。」

彼の表情が優しい笑顔に変わる。そっと、アルファーシャの手を取って車の助手席に招き入れる。彼の言葉にアルファーシャはドキドキしていた。とても嬉しかった。私服の彼は、何時もと感じが違ってまた素敵だと彼女は思った。ドキドキの原因はそこにもある。

その姿を見られた事も嬉しい事の一つだった。

「何時もと感じが違ったから……ビックリした。」

運転席に着いたシドが鳶色の瞳を見つめた。

「そーゆーのも可愛くていいね。」

深い海の色の彼の瞳。……胸がキューッとした。

言葉一つでこんな気持ちになれるなんて……アルファーシャは本当に驚いてしまう。

「……ありがとう。」

やっとそれだけ答える事が出来た。

「普段もそんな感じなのか？」

天井をオープンにして車を出す。

「ううん。これは友達のエレンの見立てなのよ。普段はジーンズが多いかも知れないわ。」

言い終わって……恥かしくなる。お洒落をして来たって、言っている様な感じに聞こえたかも知れない。

「友達に大感謝。すごくイイぜ。」

……ヤダ。益々恥かしくなるじゃない。

風がとても心地よい日だった。シナモンの髪が風に靡く。二人は、街を遠ざかり爽やかな緑あふれる高原へと向かった。

高原に向かう山道に差し掛かると少し肌寒く感じられた。標高が高いせいで気温が下がるのだ。アルファーシャは持ってきたカーディガンを羽織る。

「寒いか？」

シドがその事に気付く。

「天井、閉めようか？」

「大丈夫、これで丁度いいわ。貴方は平気なの？」

彼の綺麗な顔を見つめる。

「平気だよ。……寒かったら言って。」

彼は優しい。

「ありがとう。」

彼との何気ない会話が何故かとても、新鮮に感じられて、アルファーシャはスゴク楽しかった。

眩しい緑のトンネルの様な上り坂の道を抜けると、視界が開けてくる。高原の緑と空の青とのコントラストが見事に美しかった。車を止めて遊歩道を歩いてみる。高原の新鮮な空気がとても美味しい。風も爽やかだ。何処までも緑が続いて……その先に空が繋がっている様な、自然が作り出した壮大な景色にアルファーシャは心が洗われる様な気分だった。

「大丈夫か？」

サンダルの足元をシドが気遣ってくれる。そっと繋がれた彼の手がとても大きく温かかった。

「……ありがとう。」

少し歩くと看板が見えてくる。牧場の看板らしい。一応、丸太で作った柵は張り巡らされている様だったが、大変広い高原の牧場の為に目を凝らして遠くをあちこち見ても牛の子一匹見えなかった。「牛なんていねえぞ。」一生懸命探すシドに……「それだけ広いんでしょうね。」アルファーシャはクスクス笑った。

彼女が風に揺れるシナモン色のフワフワの髪をかきあげる。その細い指、きゃしゃな腕。そして、丸太の柵に白い手を掛けて、遠くの緑の地平線を見詰めている……その鳶色の瞳、綺麗な横顔。気付いたら、シドは彼女を後ろから抱きしめてしまっていた。……シャンプーの香りだろうか。いい匂いがした。

「シド……」

彼女は一回だけ名前を呟いて、腕の中に身を任せてくれた。

彼は静かに目を閉じる。……幸せだと思った。

楽しい時間は瞬く間に過ぎてしまう。

二人は帰路へと着く。元々今日の夕方に友達のエレンとの先約があって、それにシドが合わせてくれたのだった。彼も今日以外にお休みを取れそうになかったから、仕方無かったのだ。

……エレンの約束を断れば良かったかな。

アルファーはもっとシドと一緒に居たいという気持ちになっていた。でも、エレンとは暫く会っていなかったし、色々と心配を掛けてしまったので元気な姿を見せたかったのだ。

エレンとの約束は五時半だ。待ち合わせは彼女の勤めている病院だった。今日は、彼女が一緒に暮らしているサラリーマンの彼が出張で居ないので、久しぶりに女同士で語り明かそう〔飲み明かそう?〕と訳の分からない約束をした。明日、彼女は久しぶりのお休みなのだ。

エレンとは、初めはナースと患者の関係だった。アルファーが戦地で傷付いて帰ってきた時の担当が彼女だった。けれど何となく気が合って、意気投合してプライベートでもしばしば会う様になって、それからの付き合いだ。彼女は数少ないアルファーの良き理解者だった。

もうすぐ病院が見えてくる。

「近くまででいいわよ。」

それは、アルファーが何時の間にか自分では分からない内に身に付いてしまったクセだった。しかし、そんな事はシドには関係ない。

「いいよ。看護婦さんは時間通りに上がれないだろうから、それまで付き合うさ。」

……私と居る所を他の人に見られてもいいのだろうか。

まるで日陰に生きているかの様に、他人にその事を悟られない様にする〝秘密ぐせ〟が着いていた。今まで付き合っていた男達とは何時もそうだったから。

「……ありがとう。」

困らないのだろうか。

駐車場に車を置いて、二人で病院関係者の出入り口の近くに在るベンチでエレンを待つ事になる。結局、彼に甘える事になった。

約束の時間までまだ十分以上もあった。

「コーヒーか何か飲むか？」

立ち上がってシドが言う。

「えっ？……」

「ノド、乾かない。」

その眼差しが優しい。そういえば……「うん……」

「じゃあ、ここで待ってて。」

「えっ!?」

彼は既に行動していた。病院の中の売店の方に向かっている。

彼のペースに調子が狂ってしまう。いいや、逆に彼が私のペースに合わせてくれるから、こちらがそーゆーのに慣れなくて戸惑っているだけなのかも知れない。……それも悪くない。

彼の後姿を見つめる。鍛えられた完璧な逆三角形のとても逞しい体だ。彼はこの国で一番の剣の使い手だと、ルース様が前に仰っていた。特別な力を持っていなくても事実上F・G・C№2である彼。……その人が、私の為にコーヒーを買いに行ってくれている。

「変な人。」

小さく口に出して言ってみる。緩くウェーブの掛かった栗色の髪、深い海の色の瞳。今、真直ぐにアルファーシャの方に向かっている。その姿に胸が切なくなる。……どうしてだろう。

「……ありがとう。」

紙コップに入った暖かい飲み物を手渡される。

「こーゆーの、君は飲んだ事ないだろう。これで結構美味いんだよ。」

自動販売機の飲み物だった。他の人が飲んでいるのを見た事はあるが、実際自分自身が飲んでみるのは初めてだった。

一口飲んでみる。

「ホントだ。」

少しだけ甘いレモンティーだった。

「……美味しい。」

実はコーヒーより紅茶の方が飲みたかったのだ。

「良かった。」

フッと彼は笑う。

「あの手の販売機一台でも、喫茶店経営と同じ許可が必要なんだってな。」

「えっ……そうなの。」

アルファーシャは驚く。

「どうやら、喫茶店と同じ様にコーヒーやお茶を淹れたり、あの機械がするかららしいよ。」

思わず感心する。

「あっ、そーか。それでなのね。」

日常見ている何気ない物でも、その物の見方をチョット変えると違った事が見えてくる。

シドって面白い人だ。

「アルファーシャ……」

シドが彼女の瞳を覗き込む。何故だろうか、言い難そうな雰囲気だ。何だろう。

「何?」

言い出し易そうに微笑んで見せる。

「携帯電話《ケータイ》の番号、教えてくれないか。」

……なんだ。そーゆー事か。

「いいわよ。」

彼女はベンチに紙コップを置いて、バッグからケータイを取り出し、自分の番号を画面に表示する。

「はい。」

「……ありがとう。」

彼は自分のケータイにその番号を登録する。

「私の所にも貴方の番号を入れてよ。」

今度は彼女が自分のケータイを彼に差し出す。

「いいよ。」

彼はアルファーシャのケータイに自分の番号を登録してあげた。

「次は、何処に連れてって貰おうかしらね。」

アルファーシャは微笑む。……そーゆー事だ。

「姫様の仰せの通りに致しましょう。」

シドが嬉しそうに笑って言った。

「貴方の都合のいい時に連絡して。どーせ私は暫く暇だから。」

彼女は長期休暇中だ。

「分かった。必ず近い内に連絡するから。」

「さぁ、どーかしらね。」

意地悪を言ってみる。

「酷いなぁ。」

そう言いつつも彼は笑っていた。

「あっ……」

エレンが出て来たみたいだ。アルファーを捜してキョロキョロしている。……何時もと同じ場所に居るのになぁ。アルファーは不思議に思った。立ち上がって手を振る。エレンがこっちを向く。気付いた様だ。

歩いて来ながら彼女は「初め誰か分かんなかったわよ。」と言った。

「えっ？」

「随分可愛い格好してるし……」

そしてシドの方を見る。

「どうも……」

彼は緩く笑う。二人で居たから分からなかったのだろう。

「はじめまして。」

エレンは慌ててしまう。

「じゃぁ、俺はそろそろ行くよ。」

彼は立ち上がった。

「うん……」

アルファーが「ありがとう」と言おうと思った時、シドはそっと彼女の前髪をかき上げると額にキスをした。

「じゃぁな。」

そして、サッと彼は去って行った。

アルファーは余りの事に一瞬、ボーッとしてしまう。彼の車が一回だけクラクションを鳴らして通りの方へと消えて行った。慌てて、アルファーは手を振る。ルームミラー越しに、彼の優しい海の色の瞳が見えた。車がぐんぐん遠ざかって行く。

「ちょっと!! いい男じゃないのよ!!」

何故か嬉しそうにエレンがアルファーをバシッ!!と叩いた。……おばちゃんのノリだ。

「普通の男があーゆー事すると気障で背筋がゾッとするんだけど、あれだけルックスがイイ男だとメチャメチャかっこいいーのよねぇ。良かったじゃないのーっ!!」

バシバシッ!!とエレンはアルファーを叩く。嬉しいのだ。

「やっと、あんたもふつーの恋愛をする気になったのね。お母さん、とっても嬉しいわ。」

……何時、私の母親になったんだーい。

「今日はお祝いよーっ!!」
→自分一人で盛り上がっている。
「でも……」

エレンは首を傾げた。

「あの人、どっかで見たことあるような気がするんだけど……」

……思い出さない方がいいかも知れないよ。

「うーん?」考え込む。

……この国の司政官閣下だなんて言えるか。

「まっいいや。とにかくお祝いお祝い。」

アルファーの手を引く。と……「にゃーご!」突然、目の前に見慣れた猫が現れる。

「えっ!?」

トコトコと、こちらに真直ぐ向かって来る。

白い毛の長い猫だ。何故こんな所に。

行き成り、ビョン!とアルファーの腕の中に飛び込む。……間違いない。ルース様の猫だ。アルファーに良く懐いている事と、金の装飾の施された首輪がその証拠だ。猫は「ごろにゃ〜っ。」と、スリスリしてくる。

やっぱり「ゴロニャン」だ。ゴロニャンは、小さい時から如何いう訳かアルファーにだけ良く懐いていたので可愛がっていたのだ。とても気紛れで、他の者は勿論の事、飼い主のルース様にさえもあまり懐かなくて……とんでもない猫なのだった。本当はゴロニャンはそんな名前ではなくて、ルース様がつけたティファニーだかステファニーだか忘れたが、立派な名前があったのだが。アルファーはゴロニャンと呼んでいた。鳴き方がそうだから。

「まぁ可愛い猫ちゃんね。」

エレンが撫でる。一瞬、心配したが、ゴロニャンは静かに撫でられていた。時に嫌がって引っ掻く事もあるのだ。

「ゴロニャン。お前、どーしてこんな所にいるの？」

猫に聞いても分からないのだが……アルファーは綺麗なブルーの瞳を覗き込んだ。

「ごろにゃーん♪」

嬉しそうに彼女は鳴くだけだった。見知らぬ場所に来てしまったので心細かったのかも知れない。「よしよし。」優しくゴロニャンを撫でてやる。それにしても—。

……城の警備がそれだけ甘いという事か。この前、長老殿にお会いした時に、親衛隊の事を随分と嘆いていらっしゃった。

この国は建国してからルース様で三代目に当り、以来平和な日々が続いている。内地で戦いが起きた事は今まで一度も無かった。従って、親衛隊の中で実戦を知る者も居なくなった。平和ボケしているのだ。

以前は鼠の子一匹入ることを許されないだろうと謳《うた》われた城だった。それが、何という事だろうか。

「ねぇエレン。この子、貴女の家に一緒に連れて行っていいかしら？」

アルファーがニヤリ★と笑った事にエレンは気が付かなかった。

「いいわよ。でもいいのかしら？」

「うん。飼い主は留守の筈だからいいわよ。ゴロニャン、迷子になっちゃったのよね。」

良い訳が無かった。だが、アルファーには、ある考えがあったのだ。

「じゃぁ、行きましょうか。」

「うん。あっ……スーパーに寄ってくれる？　この子の餌を買わなきゃ。」

ゴロニャンの喉の辺りを撫でる。

「ごろごろにゃ～ん♪」

安心した彼女は御機嫌の様子だ。

「いいわよ。買う物もあるし。」

二人と一匹はエレンの車に向かう。ゴロニャンはアルファーの腕の中で静かにしている。

白い車に皆が乗り込むと、エレンは自動操縦にして行き先を入力する。ハンドルやギアが電気音を立てて内部に収納され、運転席のスペースが広く自由に動ける様になる。そして自動的に静かに車は発進する。

「ねぇ。彼とは何処で知り合ったの?」

早速始まった。

……全く! 今夜はエレンの質問攻めに遭いそうだ。

途中、スーパーで買い物をする。ゴロニャンは車の中で大人しくお留守番だった。アルファーがキチンと言い聞かせれば分かる賢い猫なのだ。「買い物の邪魔をするという事は、あんたの夕御飯が無くなってしまうという事なのよ。」と言っておいたのが恐ろしく効いたらしい。

その晩に、二人と一匹の宴会が始まった。人間達は買って来た美味しいお店のデリカとワインで乾杯した。飛び入りのゴロニャンは美味しそうにキャットフードを食べている。

エレンの興味は、どうしても彼の事になってしまう。……参った。

「エレン達は結婚しないの?」話題を変えてみる。

この家の部屋や家具など食器に至るまで全て二人用で、見る限りまるで新婚のカップルの家に来た様な感じがする。一緒に住むようになって、もう二年位経つのではないだろうか。

「二人ともあんまり拘らないから……それに私、忙しいでしょ。奥さんらしい事は何もしてあげられないから、今の方が気楽かも知れないわね。」

「ふーん。そうなんだ。」

どんな事があってもエレンと彼の関係はずっと続いて行くような感じがアルファーにはしていた。それだけ結びつきが強いというか、信頼し合っているというか、そんな二人を素敵だと思っていた。……エレンがゴロニャンの側に行って、その見事なまでの食べっぷりを面白そうに見ている。アルファーはそっとワイングラスを口に運ぶ。

……私はダメだ。

きっと、これからは彼を諦める為の時間になっていくのだろう。

未来に向かう時間じゃなくて、思い出にする為の……。

「悲しいなぁ……」

小さく呟いた。

「えっ？」

ゴロニャンを撫でていたエレンがアルファーの方に振り向いた。

「ううん。なんでもないよ。」

赤いワインの液体を口に含んだ。

「彼、優しそうな人だったわね。」

ゴロニャンを眺めながらエレンは言った。

「うん。とっても優しいよ。」

そう答えたアルファーの表情が、驚く位に柔らかくなった様にエレンは感じられた。

「本当に、良かったわね。」

アルファーを何時も心配している彼女はとても嬉しかった。

「……ありがと。」

恥かしくなる。けれど、切なくもなる。

アルファーは赤い赤いワインを空になったグラスに注ぐ。

そして、それぞれの想いを胸に、夜は更けていく。


次の日の昼過ぎ、アルファーはゴロニャンを連れて宮殿へ上がった。その姿を見て、城の警備の者達は一同安堵の溜息を漏らした。

「アルファー殿が見付けて下さったのですか。」

親衛隊長と彼の部下達が駆け寄って来た。どうやら、城の中はルース様の猫がいなくなった事で大騒ぎになっていたらしい。

そのくせ、F・G・Cのメンバーがその騒ぎの中に只の一人も居ないという事は……彼らは事の次第の全てを解っておきながら、そのまま全部伏せておいて、彼女に任せるつもりで居るのであろう。

「親衛隊は弛んでいるんじゃないか。」

何時に無く冷たい、アルファーの表情に隊長は驚く。しかしながら全くその通りだった。

「申し訳ありません。」

頭を下げた。だが、「なんだとーっ!!」彼の部下は黙ってはいなかった。

お構い無しにアルファーは続ける。

「私の言葉に間違いがあるのか。言った通りであろう。だから、猫一匹の事でここまで大騒ぎをしていたのではないかな。」

見下す様に冷静に言う彼女に、血の気の多い若い隊員は益々我慢がならなくなった。自分の誇りである親衛隊を馬鹿にされた事と、自分達の不始末……本当の事を言われたからだ。しかも相手が悪すぎた。女に……悪い噂ばかり聞こえるこの女にそこまで言われようとは、腸《はらわた》が煮えくり返った。

「黙れ!! お前のような者を何故、国王陛下は騎士団に加えられたのか解らないっ!!」

怒り狂ってそう言ってしまった言葉が、これから大変な事態を起こしてしまうとは、どう彼に想像出来ただろうか。

「ロイ!! 止めないか!! この御方の制服の色が判らないのかっ!!」

普段は温和な性格の隊長殿なのだが、この時ばかりは怒鳴る。

それには部下のロイも驚いた様だったが、「ですが隊長殿!!」何より彼は我慢がならなかったらしい。

アルファーの鮮やかなワインレッドの制服の色は、国王陛下の勅令のみで動くゴールデン・ナイツである事を示している。彼らは名実共にこの国では最高最強の軍団で、その地位は親衛隊よりも遥かに高かった。

しかし、そんな中でもアルファーは少し違っていた。「最低最悪の騎士」と言われていたのだ。

その時、静まり返った宮殿のホールに突然——。

「無礼者‼　そこに直《なお》れっ‼」更に緊張を高める低い声が響く。

……長老殿だった。

先代様の親衛隊長だったその男はスラリと光剣を抜いた。周囲の者は皆恐怖に震える。もの凄い殺気だ。

長老殿が剣を抜かれた‼　その意味を皆良く解っていたからだ。

「お許し下さいっ！」

現隊長は恐怖に戦《おのの》き、部下の為に慌てて土下座をした。

「……隊長殿。」

それでやっとこの部下は、自分のしてしまった事の大きさ重大さに気付く。……思わず腰を抜かしそうになった。

「許されると思うかっ‼　F・G・Cの騎士に逆らうという事はゴールデン・ナイツを結

成した国王陛下に背くという事に当る。そんな事も解らないで親衛隊員と言えるのかっ!!」

もの凄い気迫。

もう、誰にも長老殿を止められなかった。隊長と部下のロイは、これから起こりうるであろう恐怖に慄き震える。だがそんな彼以上に、凄《すさま》じい殺気を秘めていた者がその場に居た。

が……冷たく鳶色の目を光らせながら、彼女は意外な行動を取る事を心に決めていた。

その事に猫のゴロニャンだけが元来の野生の勘で気付いたのか、その腕からピョンと飛び降りて離れた所で様子を窺《うかが》っている。

「……参る！」

そう言い放った瞬時、長老は既に動いていた。

――早い!!

アルファーは予想以上のスピードに躊躇する。そう思った瞬間、彼女も動いていた。

「姫様!?」

長老の動きが彼女の一瞬の行動で止まる。そして、長老殿の顔色がみるみる青く変わってゆく。

周りの者には迅速すぎて何が起こったのか全く分からない。何とアルファーは、一瞬でかつてのNo.１の動きを封じたのだ。

……何という姫様だ。長老殿は驚きを隠せなかった。

ボトッ！　吹っ飛んだアルファーの右の腕が床に落ちた音が、シーンと静まり返った宮殿内に響き渡る。

長老殿の光剣はアルファーの腕を切り落としていたのだ。凄《すご》すぎる彼女は、光剣を自らの腕で受けて、長老の動きを止めたのだった。

その判断はとても正しいものだ。自分の剣を抜いていたら恐らく、並外れた長老の速さに間に合わなかっただろう。

「な、何という事を為さるのですか。」

長老のその声が震えていた。

「キャーッッ!!」

女官達の叫び声が辺りに木霊する。されど……。

「腕の一本ぐらいでガタガタ騒ぐでない!!」

アルファーの一喝《いっかつ》で又、辺りは静まり返る。その右の肩からは紅の血がドクドクと流れ大理石の床を染めてゆく。

にも拘《かかわ》らず、アルファーは顔色一つ変えずにこう言った。

「長老殿。こやつの血でこの宮殿の床を染めるのは優雅と言うには程遠いでしょう。そんな事は私の美的感覚が許せません。」

ニヤリと……「だが、ゴールデン・ナイツの紅の血ならまだ格好も付くであろうが。」

……笑った。

何と恐ろしい。その微笑みは何という怖さだろう。冷たい氷のような微笑は、まるで死神のそれの様だった。それがこの紅の制服を纏う者の本当の恐ろしさか。

「私の事をどの様に言ってもかまわぬ。しかし……」

強烈過ぎる殺気。ギロリ、とロイを氷の瞳が睨んでいた。彼は、身が竦んでしまって一ミリも動かなかった。いいや、動けなかった。

「我が主に対する無礼だけは決して許さぬぞ!! 肝に銘じておけっ!!」

そう言い放った後、今度は親衛隊長を氷の瞳は見詰めた。

ビクッ!! と隊長の体が一瞬動いた。……背筋が凍り付く。目を逸らせない。もしも逸らしでもしたら命が無い様な気さえした。

「まぁ……今回だけは親衛隊長殿に免じて許してやろう。」

氷の瞳は再びロイの方を向いた。隊長は、冷たい汗が流れて行くのが分かった。

「だが今後、万が一この様な事があったなら、貴様の地位だけでなく生首が吹っ飛ぶと思え。」

ロイは生きた心地がしなかった。凄まじく恐ろしい彼女に逆らった後、今自分が生きている事が奇跡の様に思えてならなかった。

カッ！　言いたい事を全て話したアルファーは靴音を立ててその場を後にする。

「姫様。」長老殿が後を追う。

フーッ!!　それまでの成り行きを見ていたゴロニャンが、緊張の余りに毛を立たせると、「にゃーっっ!!」と一声上げて、腰を抜かしているロイに飛び付きバリバリッ!!と、その顔を引っ掻いた。

「わっ!!」

それで彼は正気に戻る。

ゴロニャンはトンッと床に着地しツーンとそっぽを向いてから、立ち去るアルファーの足元に駆け寄った。フッとアルファーが笑った。先程までの殺気が嘘の様に消えていた。

「ゴロニャンはこの城で一番強いかもね。」

その言葉にゴロニャンは「ごろにゃーっ」と答えてから足元に心配そうにスリスリした。

そして、右肩から滴る血を見上げるゴロニャン。

平気そうに歩いていたが、激痛にアルファーは耐えていた。

何せ、腕をほとんど失ったのだから普通ならば立っている事さえ無理な事だろう。

「……自慢の御髪《おぐし》が汚れてるわよ。」

それでもゴロニャンは、彼女の右側を離れなかった。まるでアルファーを守っているかの様に。

「姫様、何とお詫びしたら……」

人気が無くなった中庭の辺りで長老殿が頭を深々と下げた。

「いいわよ。腕の一本位。」

だが涼しい顔もそこまでだった。

アルファーは近くの柱に寄りかかってストンと腰を落とす。余りの痛さに美しい顔を歪ませた。


自分は何という事をしてしまったのだろう。

正気に戻ったロイは自分の不甲斐なさに押し潰されそうだった。しかも、喧嘩を売ったその相手に命を助けられたのだ。

「ロイ。あの方は真の騎士だと私は思う。」

隊長殿が立ち上がり手を差し伸べてくれる。なのに、彼は思わず顔を背けてしまう。

……恥かしかった。尊敬する隊長殿にまで恥をかかせてしまったのだ。その手を取る資格なんて自分には無い。

「さぁ。」

隊長殿は手を差し伸べる事を止めなかった。

「……たい、ちょうドノ……」

もう声にならなかった。男泣きに泣いていた。

「男が簡単に泣くものではないぞ。」

隊長は腕を取って立ち上がらせる。けれど、ロイは涙が止まらなかった。

「長老殿は、咄嗟にあの方を〝姫様〟と呼んでいた。只者ではない御方だとは気付いては居たのだが、まさかそれが本当だったとは……私も驚いたよ。」

慰める様にポンポンとロイの肩を叩く。

「あの方は、自分を助けて下さいました。……酷い事を言ったのに。」

「ならば、早く御礼に行かなければならないだろう。」

……助けられた命。ロイの今後の身の振り方も、それで決まるであろう。

「はい。」

彼はやっと良い返事をした。そして、アルファーが向かった宮殿の奥へと二人は入って行った。


アルファーの顔色は悪いのを通り越して真っ青になっていた。事態に気付いたスカイとユウが慌ててテレポートして来る。

「大丈夫かい。」「だいじょうぶなの?」すぐに止血を始める。ユウはスカイの力を増長させる。彼女の兄であるアレンもスッとやって来て何も言わずに手の再生を始める。

三人の力でみるみる血が止まり腕の形が作られていく。

「でも、随分むちゃくちゃなお姫さんだなぁ、アルファーシャは……」

スカイが呆れ顔でそう言った。

「煩《うるさ》い!! あーっ!! もーやーだーっ!! 何度やっても痛いもんはいたーいっ!!」

先ほどの騎士らしさは何処へやら……アルファーは半分キレそうだった。

「絶対今度こそ騎士なんて辞めてやるーっ!! 誰が何て言おうと辞めてやるーっっ!!」

ジタバタジタバタ。

「はいはい。」

スカイがニコニコと相槌を打つ。

そこに、「それは困りましたねぇ。」……ルース様の御声だった。

状況を重く見た国王陛下ルース・フォーステンⅢ《サード》様が、直々にアルファーシャの事を心配されていらして下さったのだ。

「……ルース様。」

バッチリと聞かれてしまっていた。

「アルファーシャが居なくなったら、私は誰に相談事を話したらいいのでしょう。」

悲しいお顔だった。アルファーシャはこの顔にとても弱いのだ。勿論付き合いの長いルース様はその事を良く存じ上げてらっしゃった。まったく! タチが悪い。

「分かってますわよ。もーっ!! しょうがないから居てあげますわよ。」

もうヤケクソだった。

「それは大変うれしいですね。」

たおやかに笑うルース様の御姿にアルファーシャは何故か照れてしまう。

「それにしても……」

話題を変える。そしてギロリーン！と長老殿を見た。

「ちょーろう殿のあほーっ!! せっかく憎まれ役を私が買って出たっていうのに、あれじゃー意味ないじゃーん!!」

「……面目ない。」

素直に長老は謝ったものの、彼女のその変わり様には思わず笑ってしまっていた。

「長老殿はアルファーシャがとっても好きだから、馬鹿にされたのがスゴク悔しかったんだよ。」

スカイが宥める。所が……

「悪役は私だけで十分でしょうに!!」

めちゃ怒りまくり。

「アルファーだけが悪役さんになる事ないよ。」

ユウがニコニコする。

「まぁ、親衛隊の者には良い薬となったでしょうから、当初の姫様の計画は全うされたという事で良いのではないでしょうか。」

長老殿にはチャンと解っていたのだった。もっとも、ぶち壊しもしたけれど。

「そうですね。私も少し親衛隊については気になっていたのです。ですが、誰かが一石投じて下さるでしょうと思いましたので、様子を見る事にしていたのです。」

流石、国王陛下も全部お見通しの御様子。

「割に合わないわよ！」

ブツクサそう文句を言いたくなるアルファーの気持ちも分からぬではないが……それは陛下の皆への信頼の証でもある。

「それに、長老殿は本気であの子のこと殺そうとしたし。」

ニッと彼女は笑う。

「当たり前です。」

キッパリと長老殿は答えた。

「我が姫様に逆らうとは、全く身の程知らずもいいとこです。」

全くその通り当然の事だ。それはそうかも知れないが……。

「……だってさ。」

チラッと。先程から、どう切り出して良いものか遠目に様子を窺っていた、問題の身の程知らずの者達の方をアルファーは見た。

「申し訳ございません。何と、何とお詫び申し上げたら……」

親衛隊のロイが床に頭を擦りつける。先刻とはまるで態度が違っている。

「いいわよ。右手もこの通り直った事だし。」

再生されたばかりの右手を、アルファーは曲げたり伸ばしたりして見せた。

「私の監督不行き届きで……」

隊長殿もその隣に膝を折った。

「しつこいなぁ。もう済んだ事だから良いと言ったでしょう。」うざい！

「さて……アルファーシャ姫に頂いたその命。これから如何使いますか。」

フォーステンⅢ陛下がロイに問う。道筋を立ててやらないと、この純粋な若者は死を選ぶであろう。国王はその事に気が付いていた。

若者の体が一瞬ビクン!!　とする。陛下の思いも寄らぬ御言葉に非常に驚いたからであった。

「おやおや……陛下、アルファーシャの事をバラシちゃって宜しいのですか？」

スカイがニコニコ笑う。

「構わないわよ。十年もしたら彼は、立派な騎士としてそれなりの身分になって居るでしょうから。」

アルファーシャも笑う。

「果たして十年で、そう成れるかは彼の努力次第でしょうな。」

長老殿が一応、釘を刺しておく。

「ルース様。私の切り落とされた腕の代償として、十年後に私が生きていたらこの子貰うわよ。」

アルファーシャの瞳が悪戯っぽく輝いていた。

「アルファーシャ姫、生きていたらなんてそんな寂しい事を言わないで下さい。」

ダークグリーンの瞳が寂しそうにそう仰った。

「命あるものの未来に何が有るのかなんて、誰にも分からない事でしょう。」

彼女はゆるりと笑う。

「それはそうですが……」

アルファーシャは自分の悲しい未来を予知しているのだろうか。陛下はそんな事を考えられた。このままの状態が続くとそうなる可能性が高い事を、陛下はとても御心配為さっていたのだ。

「それにしても、随分と大きな代償ですね。」

国王は少し困った顔をする。しかし、「貴女が救った命です。そうでなければ今ここに、未来の騎士は居なかったのですから……お好きな様になさい。」と許して下さった。そして、ロイの方をにこやかに見る。

「顔をお上げなさい。」

その言葉に「……はい。」と恐る恐る答え、ソロソロとロイは顔を上げる。

「そなたはそれで宜しいかな。」

ロイに問い掛け為さる。

「はい。」

彼に迷いは無かった。

……彼の名はロイ・ブライトマン。後にアルファーシャ王女直属の親衛隊副官を務める事になる。


「ゴロニャン事件」

ふざけたF・G・Cの上層部の連中は、アルファーシャが大怪我をした一件をそう呼んでいた。何とも言えないネーミングのセンスだと、シドは笑わずには居られなかった。

……アルファーシャは覚えているだろうか？　シドにとって「ゴロニャン関係の事件」は他にもあったのだった。事件と言える程、そんな大げさなものでは無いのだが。それは彼にとって、とても大切な思い出だった。

まだ、彼が宮廷騎士団に入りたての新米で、城の生活にも慣れていない頃の話である。

何時もの通り、彼はチョット息抜きをしようと中庭に向かっていた。その時、「姫様、危のうございます。どうか早く降りて来て下さい。」……侍女の声だろうか？　とても心配そうな声だった。

　昨夜からコーラルの姫様が遊びにいらっしゃっている事は聞いていた。シドは急いでその声の方へと向かった。

「メイ、大丈夫よ。もーちょっとでゴロニャンに届くのだけど……」

「!!」

　何と言う御姿であろう。まだ少女と言うよりは幼い面影を色濃く残す……美しい光の姫は、絹のドレス姿で木に登ってらっしゃった。

と……その美しいエメラルドの瞳の先には小さな子猫が居た。幼い子猫は木に登ったのはいいが、降りられなくなったのであろうか……。枝先で下を見て震えていた。その猫が、当時まだ城に来たばかりのゴロニャンだった。

　姫様がゆっくりと細い枝先の方に折れない様に少しずつ移動して、その御手が何とかゴロニャンに届いたその時――。

　バキバキーッ!!　音を立てて枝はその付け根から折れた。

「キャーッ!!」

　姫の叫び声。

「姫様ーっ!!」

侍女の絶叫。二人の声が庭中に響く前にシドは行動していた。

地面に向かって落ちる姫を空中で受け止める。だが着地が上手く出来なかった。そんな事まで考える余裕は、まだその時の若すぎる彼には無かったのだ。

「いてーっ!!」

何とか姫様はとっさに反転して庇った。けれども姫様を助けた彼の方は思い切り地面に頭を激突させてしまったのだった。薄れてゆく意識の中で……心配そうに顔を覗き込む幼いアルファーシャ姫の美しい顔が見えた。そのエメラルドの瞳からは涙が流れていた。

……あの頃から泣き虫だったんだ。

シドは、そんな事を思い出していた。

彼は車を急いで走らせていた。自動操縦だと制限速度ピッタリでしか走ってくれないので手動に切り替えて運転していた。明らかにスピード違反だった。

今日あった事件は、城に戻って直ぐにスカイから聞かされた。

彼が各国の首脳との会談を終えて戻った時には既に、何事も無かったかの様に何時もの静かな宮殿に戻っていた。それにも拘らず、彼はアルファーシャの事をとても心配に思った。怪我も綺麗に治ったと聞いている。後の事も上手く収まった様子だ。

それでも、どう説明していいのかは分からなかったが、今直ぐにでも会わずには居られないと思ったのだ。

だから……車を走らせていた。


晩遅く、シドからアルファーシャのケータイに電話が掛かった。

「大変だったみたいだな。スカイから聞いた。」

シドの変わらぬその声に何故かホッとする。

「長老殿を相手に腕一本で済んだんだから、軽く済んだと思わなければね。」

思い出すとアルファーシャは溜息が出そうになる。

「……あまり無茶するなよ。まぁ、言っても聞かないだろうけど。」

彼は他国の首脳との会談で城を留守にしていた。アルファーシャの弟のシャリアがその時のお供だったそうだ。

でも、「ありがと……」今日の彼女は意外と素直だった。

「ちょっと出て来ないか？　実は、君の家の前まで来ているんだ。」

「えっ……」

カーテンを開ける。シドが車に寄り掛かってこちらを見つめていた。目が合うと「ヤァ。」と手を上げる。

「あっ……」

次の瞬間、アルファーシャは部屋を飛び出していた。階段を急いで降り、廊下を走り、バッ！と玄関のドアを開ける。

……駆け寄っていた。心が引き寄せられて、思い切り彼に抱きすくめられた。

そして、気付いたら涙が溢れていた。

「心配した。泣き虫のくせに、時々とんでもないお転婆を仕出かすからな君は……。」

優しく美しい髪を撫でる。

「シド……」

涙声でアルファーシャは彼の名前を呼ぶ。

「なんだい？」

ギュッと抱きしめた腕に力を入れる。

「シド……」何度も何度も「シド……」彼女は、彼の名前を呼んだ。

……会いたかった。すごく、すごく会いたかった。

たとえ、大きなものをズッシリとその肩に負っていても。

たとえ、コーラルの皇族として生まれた事が宿命だとしても。

たとえ、名高いフォーステンの騎士だとしても。

アルファーシャは小さな一人の女の子なのだ。その事をシドはよく解っていた。だから
……抱きしめに来た。

雨の匂い。

夜半から雨になったらしい。アルファーはそっとベッドから抜け出すと、まだ闇の濃い外をレースのカーテン越しに見た。

……優しい雨音と潮の音だけがその耳に聴こえていた。

そっと、自分で自分の体をガウン越しに抱きしめる。そしてベッドの方を見つめた。シドが安らかに眠っている。

キスが……キスの感触が体中に残っている気がした。

彼女は両手で唇を覆う。優しくてぎこちなくて情熱的なキス。

愛の無いキスなんてまっぴらゴメンだ。だから今までこういう場合、何時も唇のキスを男達に許す事は一度だって無かった。でも、何故だろう。どうして彼には許してしまったのだろう。

……全然イヤじゃなかった。とても切なくて、情熱的なキスだった。両手の指の数より多く男と付き合ったってあんなキス、他の誰にもされた事は今まで一度だって無い。

「愛している」と囁いた兄様でさえ、あんなキスはしてくれなかった。兄様が愛していたのは亡くなったエリザベート姉様だけだ。だから私はそのかわり……姉様の代わり。

……姉様が生きていた頃は幸せだった。兄様もまだとっても優しくて……身寄りの無い私を引き取って、二人で育ててくれた。三人で居る所は端から見ればまるで親子の様だったそうだ。

姉様が亡くなって、兄様は変わってしまった。兄様の心にぽっかりと空いた穴は私なんかではとても埋まらなかった。兄様は私にエリザベート姉様の面影を求めて、着ている物から言葉使いまで姉様の様に教育した。私はそれに答えるように一生懸命だった。

姉様は私にとっても理想の女性だったから……。けど……私は、姉様の様には成れなかった。なれるハズが無い。私はエリザベート姉様じゃぁない。私は私でしかない。

その事に気が付いた時、私は孤独だという事を思い知った。「愛している」と言ったあの人の嘘を見抜いてしまった。あの時、私はまだ何も知らない子供だった。子供だけど、女はどんなに幼くても女だ。幼いなりに精一杯女だ。

寂しかった。苦しかった。切なかった。

やがて恋焦がれた胸の痛みが憎しみに変わった頃、私はこの国に修行という名目付きで来る事になったのだ。

この国は昔から他国の王子や姫君が留学先や修行先に選ばれ、これからを担う者同士の良い交流の場ともなっている。この国に後継ぎを留学させる事が代々伝統となっている国もある。

でも……私は捨てられたのだ。

窓の向こうの見えない雨をアルファーは空ろに眺めた。

他国の皇族が、修行の為この国の騎士団に身を置く事はよくある事だ。アルファーの兄の双子の弟君で在るアレン殿も、この国の騎士団に所属している。しかし、皇族で在るからには其れなりの扱いを受けるのが当然だった。

……彼女だけは例外だった。

危険な事をさせられるのは皇族の中では彼女だけだった。

「!!……」

一瞬、彼女の体がビクン!!とする。

「ごめん。驚いたか。」

眠っていたと思っていたシドに、後ろから抱きすくめられたのだ。彼は極力優しく抱きしめたつもりだったのだが……

「ううん。」

アルファーはそのまま彼の腕の中で小さく答えた。

「私の方こそ、起こしちゃったみたいね。」

そっと、回された彼の腕に触れてみる。少しドキドキしていた。

男に抱かれる事には慣れているが、こういう事にはあまり免疫がない。火遊びしか経験がなかったから。

「いいや。丁度目が覚めたから。そしたら君が、今にも死にそーな顔をしていたから……思わず……」

照れた風な彼の声がアルファーには嬉しかった。

彼が優しく手を解き、アルファーを自分の方に向かせた。薄明かりの中、瞳と瞳が出逢う。真直ぐに、彼女を見つめる瞳。とても……とても優しいまなざし。

シドは深い海の様な青い瞳をしている。今、その色が闇の中で益々、底深い海の……美しいディープ・ブルーに見えた。彼女は自分がその瞳に弱い事に気付く。思わず、瞳を逸らしてしまう。何故なら、自分が恥かしくなるから……。

その瞳の前で彼女は無力だ。そして、その美しい瞳を前にして、自分という人間について嫌になる程考え思い知ってしまう。

(私は汚い……)

そんな言葉が頭を過った時、「……アッ!」声にならない声。

唇をキスで塞がれていた。

抵抗しようにも又何も出来なかった。逆に全身の力が抜けて行きそうな感じで、思考が如何してもストップしてしまう。彼のキスに酔ってしまう。彼の思うままになってしまう。

そして、そっと唇と唇が離れた時、あの海の色の瞳が彼女の心を大きく波立たせる。

「……ダメ……」

再びキスを求められた時そう言ってみる。けれど、その青い瞳は全てを見透かしているかの様に……

……アルファーは海の底に奥深く深く沈んでゆく。

一生、声なんか掛けて貰えないと思っていた。高嶺の花すぎて手が届かないと思っていた。

シドは、腕の中でスヤスヤと寝息を立てている彼女を愛おしそうに見つめる。そしてそっと起きないように、彼女の顔に掛かった髪を払ってやる。

——一目惚れだった。父親で在る西の国王のお供で、彼女の国の記念式典に招かれた時に、彼女に出逢ってしまった。その輝かしい美しさを一目見た途端に、今まで感じた事の無いような気持ちになった。恋に落ちてしまった。彼女を見る度に彼は目が眩みそうだった。

なのに、それから直ぐに絶望したりもした。

彼女は大国の姫君だ。自分の様に小さな小さな国の王子とは格が余りにも違いすぎた。それに、養女とは言えエリザベート様亡き後、あの恐ろしい男の寵愛を受けているとも噂されていた。

そんなある日、彼女は偽名で姿を変えてこの国の騎士団に入って来た。それからずっと、彼女を目で追うだけの日々が続いた。勿論、誰にも気付かれる事のない様に何時ものポーカーフェイスで……しかし、どんなに彼女が身分を隠し髪型を変えたり顔の造りを変えたりしても、直ぐシドには分かってしまう。彼女だと一瞬で分かってしまう。

……それだけで良かった。彼女の姿を見て居られるだけで、それだけで彼は幸せだと思った。本当にそれだけで良かったのだ。

だが……ある時、彼は気付いてしまった。彼女が幸せでない事に……

彼女は大国の姫だ。何不自由無く育っただろう。沢山の愛情に恵まれて育った事だろう。そう思っていた。けれど、彼女は何時もどこか悲しそうな雰囲気を漂わせていた。顔を変えても、声を変えても、性格を変えても……何時も何処にいてもそれが変わる事は無かった。誰と話していても、友達と一緒にいても……悲しそうに見えた。

そして分かってしまった。

彼女は、一番愛して欲しいと思う人に愛して貰えないのだ。

彼女がこの世で一番愛している男、あの恐ろしい男に……

彼女は、富も名声も人が羨む物全て、何も欲しくは無かったのだ。

あの男の愛だけを求めて城に上がったのだ。

あの男はシドの親友であるアレンの兄君だ。されど、時に余りにアルファーに対しての冷たさに、〝酷い方〟だと思ってしまう事がしばしばあった。

「んっ……」

その時、腕の中で彼女が寝返りを打った。

この別荘は海の近くなので気持ちが落ち着くのだろうか。ここでは、彼女は何時もよりも穏やかな表情を見せてくれる。

——自分では彼女の心の隙間を埋められない事は十分に分かっている。痛いほど……心が痛くなる程、解っている。もしも気を紛らわす事ぐらい出来たら、一瞬でも彼女の心の闇を、陽だまりで包む事が出来たら、それでいいと思っていた。

明け方は少し冷え込む。彼は羽根布団を彼女にキチンと掛け直し、目を瞑った。もう少しいい夢を見て眠ろう。

その朝に……。

彼女は「さよなら。」と言って出て行った。

何時もは「じゃぁね。」と言って行くのに……。

次の任務へ行くのだろう。隣国の悪い噂が飛び込んで来ていた。恐らく彼女は最前線に向かう事になるのだろう。

生きて……とにかく生きて帰って来て欲しい。

そう彼は祈らずには居られなかった。

どうしてだろう。

何で「さよなら。」なんて言ったのだろう。私らしくない。

自動操縦に切り替えて彼女は車を出す。

全く、私らしくない。まるで彼に未練でもあるみたいじゃないの。

もう彼に会う事は無いだろう。運良く帰って来られたとしても、彼は〝私だ〟と分からないのだ。顔も声も髪の色も体の形も、彼が知っている私では無くなってしまうのだ。だからもう会う事は無い。

変な男だった。とても優しかった。私なんかにとても優しかった。

彼女はその気持ちを振り切るかの様に首を振った。

「そんな事、ある筈ないじゃないの。ただの気紛れよ。」

思わず声に出して言ってみる。男に少し優しくされた事位、何度もある。

でも……彼は本当に優しかった。本当に……。

彼の居る海沿いの別荘がどんどん遠ざかる。大好きな海が見えなくなる。彼女は大きな吐息を一つ漏らした。

……戦場に行く前だから少し感傷的になっているのかな。

アルファーは苦笑する。バカバカしい。

車はゆっくりとスピードを落として、一軒の店のパーキングに入って行った。弟に作る為の朝食用の食材を調達するのに、スーパーを訪れたのだった。弟のシャリアは今朝夜勤明けだ。疲れていると思うので、お腹に優しいものを作ってあげようと思っていた。

静かに止まった車から降りた彼女は、ふと空を見上げた。

あの海の様に真っ青な空。もう……会う事も無い。

そして何時もより元気に、店の中に入って行った。


「ただいま姉さん。」

弟のシャリアの笑顔に何故かホッとする。丁度、朝食の準備が出来た所だった。

「お帰りなさい。」

優しく微笑む。

「ねぇ。今日、朝飯を食べたら、新しく出来たアミューズメントパークに行ってみようよ。とても面白いらしいよ。」

ニコニコしながらそう言った弟に、スープを盛りながら少しキツイ口調でこう答えた。

「夜勤明けの人が何を言っているの。まず体を休めなさい。」

するとシャリアはブーッ!と唇をとんがらせる。その仕草が可愛くて思わずアルファーは笑ってしまう。血は繋がってはいないのだが、大変弟を可愛がっている。又、シャリアもとても姉思いの優しい子だった。

「何笑ってんだよ。」

益々剥《むく》れる。

「ごめんごめん。そこって夜遅くまでやっているから、夕方まで寝て、それから出掛けましょうよ。美味しい評判のレストランもあるらしいから、そこで夕食を食べましょう。色々お料理も揃っているみたいよ。」

その言葉に、彼の顔がみるみる明るくなった。

「じゃぁ、そうしようよ。」

まず、朝食を食べて……と、今日のスケジュールを早速こなそうとして椅子に座ったシャリア。ところが再び、姉の待ったが掛かった。

「シャリア。手を洗って来なさい。」

全く！　何時までも子供なんだから……と言いたげな姉に、彼は間の伸びたような「はーい。」という返事をして仕方なく席を立った。手を洗いながら……もうちょっと大人扱いしてくれてもいいのになぁと思いつつも、そうされて嫌でない自分に少し照れていた。

やっぱり、ねーちゃん子なんだよね。何だかんだ言ったって。

……初めて姉さんに会ったのはまだ十歳の時だった。

俺は戦災孤児で、気付いたら孤児院で育っていた。親の顔さえ知らない。俺が小さい時に両親は戦争で亡くなったそうだ。

彼が生まれ育った国は、戦争で毎日誰かが死んでいた。

アルファーと出会ったその日の朝もそうだった。

何時もの様に孤児の皆と貧しい食事〔食べられる日はマシなのだ〕をしていたら敵国の爆撃にあった。

――一瞬にして、一緒に育った兄弟達が死んでしまった。

なのに……何故か自分一人だけが生き残った。しかも全くの無傷だった。

偶然だと言ってしまえばそれまでかも知れないけれど……初めはそれが、どうしてか分からなかった。

アルファーがよく言う言葉だった。

「偶然なんてものは無いのよ。たとえ偶然だと思っても……それはねぇ、必然なのよ。この世にあるのは全て……まるで偶然を装った、偶然の様な必然なのよ。」

彼が、自分只一人が生き残ったその訳を知ったのは、アルファーと暮し始めてからの事だった。

アルファーの周りには沢山の力〔E・S・P〕を持つ者が居る。その人達に触れ合う事で、徐々に自分が何であるか解っていったのだ。

あの日――。

一面の焼け野原で呆然と立ち尽くしていた時。姉さんの率いる救出部隊がやって来た。

……間に合わなかったのだ。姉さんはただ一人生き残った俺を抱き締めて「……ごめんね。」と言って泣いていた。

俺は、「この人だ」と思った。これから俺の運命を、運命を変えてくれるのは、この人だと思った。だから、どんな事をしてもこの人から離れてはいけないと思った。

当時の姉さんにしてみれば、どんなに迷惑だっただろう。若い独身女性が十歳の子供を行き成り抱える事になるのだから。でも、姉さんはとても優しく、何時も俺の事を考えてくれていた。

……それは今も変わらない。

「何しているの？　早くいらっしゃい。」

アルファーのその声にハッ!として「はーい。」シャリアは手を洗ってキッチンへ向かった。……少しボーッと色々と考えてしまった様だ。

テーブルの上で、出来たての料理の美味しそうな匂いがしていた。夜勤明けの彼に合わせて、温野菜のスープや湯葉の入った中華粥などのお腹に優しいメニューだった。

「頂きます。」

手を合わせてから早速食べ始める。感謝、感激、雨アラレ♪だった。

「うんめぇ。」

シャリアにとっての家庭料理と言うべき物はアルファーが作った物だ。

「良かったわ。」

優しく微笑むアルファー。

お嬢様育ちで宮廷育ちの包丁も持った事のない姉が、一生懸命努力してここまで上手に作れる様になったのだ。とても心が籠《こも》っていて、何より一番のご馳走だった。

ずっと……こうして居られたらいいのになぁ。シャリアは姉と一緒の時に何時もそう思う。……姉の、束の間の休息の一時。

アルファーが戦地へ向かう度、彼は物が食べられなくなる位……その安否が心配で、それでも一人でこの家で帰りを待つ事となる。だから、早く全ての任務が明けて普通に暮らせる様になって欲しかった。

……もうそろそろ、次の仕事へ行ってしまうのだろう。何となく分かっていた。特に世話を焼きたがる時なんかは危ない。シャリアが家に帰ったら、突然、居なくなっていたりするのだ。

命令は全て絶対他言されず。何時それが下されるのか何処へ行くのか、家族にさえ知らされない。確実に極秘に任務遂行を成す為に。

「姉さん……」静かにシャリアは話し掛けた。

「何？」優しい笑顔の美しい姉。

「必ず、戻って来てね。」食器を持つ手が止まってしまっていた。

「……分かってる。」

アルファーの白い手がそっと、心配する弟の黒髪を撫でた。

「シャリアは心配症ね。」

ふんわりと笑うアルファーの瞳の奥に不安の影が過る。けれど、弟には悟られない様に
アルファーは笑った。

今回の任務への出発は、明朝と伝えられていた。

本当に、生きて帰って来れるのか。

……それは神のみぞ知る事であった。

＊

再会は意外な形で訪れた。

その日はアルファーの退院の日だった。

彼女は、この任務で右手と右足を失い瀕死の状態で帰って来た。部下のウルという大男が、彼女を見捨てずに担いで逃げ帰ってくれたのだった。敵地で動けなくなった兵士は見捨てられる。それが悲しいかな、無言の掟だ。動けなくなった者を連れて行く事は、まだ動ける者の生存の可能性をも奪う事になるからだ。だが、ウルという大男はその常識を破りアルファーを連れ帰った。もっとも、生存者は彼とアルファーの二人だけだったのだが……。

酷い闘いだった。まるで地獄に行って来たような。酷い闘いだった。

アルファーは病院の待合室でボーッと座っていた。午後の柔らかい日差しが窓ガラス越しに感じられる穏やかな日だった。担当のナースであり、彼女の数少ない友達でもあるエレンが、退院の手続きをしてくれていた。

ふと何気なく病棟に向かう通路の方を見ると、見慣れた人影がこちらに向かって歩いて来ていた。と、言うよりここは出口の近くだから、恐らく出口に向かっているのだろう。ケガをした様子は全く感じられない。きっと、誰かのお見舞いにでも来たのだろう。

ビシッと騎士団の制服を着こなし、相変わらずのポーカーフェイス。

戦地にいても一日だって忘れた事はなかった。でも……もう終った事だ。

アルファーは静かに、視線を彼から病院の冷たい床に戻した。

私と分かるハズが無い。弟のシャリアだって言わなければ分かんないのだから。まして……彼が気付くハズがない。今までのどんな男だって分からなかったのだから……

鳶色の瞳にシナモンの長い髪。前の私はそうだった。けれど、今の私はライトブロンドのショートヘアに深い緑の瞳だ。それに体型や顔の造り、声までもが違うのだ。

カツカツと規則的な靴音だけが人気の少ない室内に響いていた。彼は、椅子に座っているアルファーの横を通り……過ぎていく。

やっぱり……気付かない。

彼女はそっと、彼の後姿を見送った。

――完全に終ったのだ。

アルファーは静かに瞳を閉じた。泣いている訳ではない。ケジメがついたのだ。何となく……彼の事を引きずっている珍しい自分が居る事に少し戸惑い気味だった。けれど、これで綺麗さっぱりと忘れられるだろう。

突然フッと彼女は笑った。

バカみたいじゃないの。これじゃぁまるで、あの人に何かを期待していたみたい。そんな馬鹿な事……。

「何、笑ってんのよ。」

手続きを終えたエレンが戻って来た。

付き合いが長いので、こんな時は自分自身の意外性に苦笑しているか、それとも自分自身をせせら笑っているかの、どちらかだろうという事は想像が付いていた。本当はそんな事はして欲しくない、思って欲しくないとエレンは思う。そんなの悲しすぎて可哀想すぎる。

しかしアルファーは「ないしょ♪」と、悪戯っぽく笑った。

「ねぇ、本当に大丈夫なの？　シャリア君、今日は帰って来れなかったし、やっぱり私、ちょっと抜けて送ろうか。」

エレンはまだ仕事中だった。何時もは迎えに来てくれる筈の弟は、国王陛下の御供でこの星を離れて外国に行っていた。

「平気よ。車も用意されているし、どうせ自動操縦だもの。」

既に立ち上がっていた。そして、エレンが先ほど取って来てくれたまま、ずっとギュッと大切そうに握り締めていた薬の束を受け取る。

「でも……」心配そうなエレンの顔。

そんな彼女を見て、突然アルファーはニッと笑ったかと思うと、チュッ♡と行き成りその頬にキスをした。

突拍子もないアルファーの行動に、唖然★とした彼女の脇をスッとすり抜けていく。

「アイシテイル♪」とオチャラケた感じで囁いて。

「ちょっ……ちょっとーっ!!」

思わず、その頬に手を当てながらエレンが「待ちなさいよー!!」と叫んでも、時既に遅し。アルファーは玄関のドアを出て行ってしまっていた。後ろでバイバイをしながら……

「全く！　逃げ足だけは早いんだから……」

そう言いつつも彼女は笑っていた。これだけ元気なら大丈夫だ。

帰ってきた時は大変だった。本当に、よくこれで帰って来てくれたと涙が出た程だった。右手も右足も失い、内臓も半分潰れていて、何とか心臓だけは動いている様な状態だった。

この国は医療に於いても最先端の技術を持つ。だから、腕の一本位無くなっても再生手術で元に戻る。だがそれは命があっての事で、一度逝ってしまった魂は二度とは戻っては来ないから……

アルファーは一時、非常に危ない状態で今度こそヤバイかと思った。

本当に良く持ち直してくれた。

ツーッとエレンの頬に涙が零れた。

……本当に良かった。

背中にエレンの視線を感じながら、アルファーはそっと「ありがとう。」と呟いていた。

きっと、彼女は泣いているだろう。私の為なんかに泣いてくれる友達。心配ばかりかけて……でもアルファーは嬉しかった。自分の為に心配してくれて。こんなに一生懸命になってくれて。そんな人が居てくれる事がとても嬉しかった。だから闘える。自分の任務がエレンの様な人達の笑顔を守る事に繋がるのだったら死んでも悔いはない。

「紺のセダンって言っていたっけ。」

早足で駐車場に向かいながら、アルファーは声に出して言ってみる。景気付けのつもりらしい。湿気っぽいのは嫌いなタチだ。幸い周りに誰も人は居なかったのだ。

ポケットから車のカードキーと病院の中では禁止されていたタバコを取り出した。見慣れたエレンの鬼の様な顔が頭を過ったが……口にタバコを銜えて火を点けて、カードキーに書いてある車のナンバーを確かめる。

「やっぱり、アルファーだったんだ。」

思いも寄らない声に一瞬ビクン!! と彼女は構えた。

それは、幾多の戦場を駆け抜けて来た者の、何処から攻撃されても躱す事が出来る体勢だった。

それまで、全く人の気配を彼女は感じられなかったのだが……驚いた。が、直ぐにその声の主はアルファーを笑顔へと変えた。

そして、最も驚いた事は声の主が彼女を、アルファーその人だと分かったという事だった。

「シド、よく分かったわね。」

思わず近くまで駆け寄っていた。……火を点けたばかりのタバコを落とした事に気付いてさえ居なかった。

彼は見慣れた車に寄り掛かって、やはりタバコを吹かしていた。

「あっ。」

彼の手にしていたタバコを見て、自分の火を点けた筈のタバコを探す。……かっこ悪い。余裕が無いみたいじゃないの。

思わず顔がカーッと赤くなっていくのが分かった。

「新しいの、やるよ。」

彼はアルファーの落としたタバコを拾い上げ、火を消して灰皿に捨てた。そして、自分の胸ポケットからタバコの包みを差し出す。そっと、アルファーは一本タバコを受け取る。

「んっ。」

彼の顔が近付いて来る。吹かしていたタバコから彼女のタバコに火を移してくれるのだ。久しぶりに見る彼の顔。……ドキドキする。

「ありがと。」

火が点いた。……妙に恥かしかった。自分だけがドキドキしたり慌てたりして……馬鹿みたい。

「昼飯食った？」

優しいその眼差しは変わらない。

「まだ……」

先刻の質問の答えも実はまだだった。そんな事、どーでもいい事なのかも知れない。

「じゃぁ、行こうか。」

彼女が返事をする前に彼は動き出していた。

アルファーの胸ポケットから覗いていたカードキーを抜き取ると、自分の車の助手席のドアを開けて彼女を少し強引に押し込んだ。

「ちょっと待ってよ。」

と、慌てる彼女を全く無視して、抜き取ったカードキーのナンバーの車を探し当て、自動操縦にして彼女の家へと向かわせてしまった。そして自分の車の運転席に戻る。何時になく強引な態度に驚く彼女を尻目に、シドは車を走らせた。

……彼に会うのは本当に久しぶりだった。

だからドキドキして、何を話していいのかアルファーには分からなかった。

そっと彼の横顔を見る。以前と何も変わってはいない彼の……綺麗な横顔。彼の……深い青い海の色の瞳。何も、何も変わる事無く。何も変化してはいないのだ。

カーステレオからは穏やかな昔のラブソングが流れていた。……耳を傾けてみる。すると自然に心が落ち着いてくるのが分かった。

シドも聴いているのだろう。何も、話さない。

けれど、そうしている事はとても心地よい時間の様に思えた。

そうして、三曲目に差し掛かった頃。車は静かにあるレストランの前で止まった。看板を見ると自然有機農法食品《オーガニックフーズ》を使ったお店の様だった。アルファーは今日、退院したばかりだから……気を使ってくれているのであろう。しかしそれにしても……。

アルファーは思わず笑ってしまっていた。

退院したばかりの病院の駐車場で、早速タバコを銜えた時は何も言わなかったくせに、行き先が体に優しいオーガニック素材のレストランだったなんて……矛盾もいい所だ。

「なーに、笑っているんだよ。」

シドがアルファーの顔を見る。

「ないしょ♪」

彼女は教えてくれなかった。

シドは少しムーッとする。別に怒った訳では無かった。……変わらぬ彼女の様子に胸を撫で下ろしていた。

今のアルファーの姿は、自分の知っていた彼女の姿では無い。髪の色も顔も目の色も体型も、声までもが全く別人の様で……次に会う時はそうなると理解していたとは言え少し不安になっていたのだった。

車から降りて二人は店に入る。ログハウス風のそのお店は中の小物までもがとても可愛らしかった。アルファーは思わずキョロキョロと辺りを見回した。

「素敵なお店ね。」

ランチの時間はもうとっくに過ぎていたので、店の中に居る客は二人だけだった。

「いらっしゃいませ。」

優しそうな女性の店員の声。

「閣下!」

シドに気付いたらしい。

「何時も娘がお世話になっています。」

彼女は頭を丁寧に下げる。知り合いのお母さんだろうか。

アルファーはチョットだけ、〝娘〟というのが心に引っかかる。

「いいえ。彼女には何時も助けて貰っています。」

シドも丁寧にお辞儀をした。

「さぁ、どうぞ。丁度、お客様も引いた所で良かったですわ。」

奥へと案内される。美しい緑の見える窓際の席だった。

「お連れ様も御城にいらっしゃる方ですか?」

優しい笑顔で訊ねられた。今日のアルファーは私服だったから……。

「ええ……」

それだけ答える。何て言っていいか分からなかったからだ。

「彼女もルース様の騎士なのですよ。」

シドは包み隠さずに言う。

「アルファー、この方は俺を何時も助けてくれる部下の御母様なんだよ。」

「……そうだったの。」

話が見えて来た。

「まぁ、騎士様に女の方もいらっしゃったのですか。凄いですね。」

どーやら城の中の事に関しては少し疎い人の様だ。……助かった。

シドがこんな可愛いお店を知っているなんて意外で、アルファーは少し驚いていたのだが……知り合いの身内の店と言うのなら訳も分かる。

「ごゆっくりしてらして下さいね。」

優しい笑顔のその人は、メニューを手渡してお冷《ひや》をテーブルの上に置くと、そっと席から離れた。

……気を遣ってくれているのだろう。

シドは日替わりのランチを、アルファーはかぼちゃの入ったポタージュと自家製のパンを少し注文する。

「どうした？　あまり食べたくないのか？」

彼は心配そうな顔をしていた。

「体調がまだ完全に元に戻らないのよ。戦地から帰ってきたら何時もそうなのよ。」

まだ食べられるだけ今回は良かった。

その時によって、全く食べ物を受け付けない日がずっと続く事もあった。戦地に行く事で体だけでなく心も消耗してしまうのだ。

「……そうなのか。」

何て言ってあげていいのかシドには分からなかった。

「自分でも、よく帰って来れたと思うわ。」

そう言ったアルファーは、遠い目をしている様な感じがした。思い出したくない惨劇を……。

やめよう。もうここは戦地では無く、シドの居る平和なフォーステンの地だ。もう何も怖くは無いのだから。

「ねぇ、私の居ない間に何か変わった事はなかった？」

気分を変える。

「……相変わらずさ。けど、あの子……君に喧嘩を売った奴。」

「ロイね。」

アルファーは微笑む。「ゴロニャン事件」を思い出したからだ。

「随分、頑張って剣の練習に励んでいるらしいぜ。」

「ふーん。そうなんだ。」

そのキッカケを作った張本人は嬉しそうに笑った。その美しい笑顔に……

「あの親衛隊長殿が、彼はまるで人が変わったみたいだと、とても驚いていたよ。」

シドは嬉しくなる。

「良かったわ。あの子、良い騎士になるわよ。今時の子にしてはとてもイイ目をしているから。」

彼女は純粋なロイの漆黒の瞳を思い浮かべた。

真直ぐ過ぎるから、他の人とぶつかるのだ。自分の中の正義を無理にでも貫こうとするから、気付いた時には道を外してしまうのだ。

「十年後にか?」

クスリとシドが笑う。スカイに聞いていたからだ。

「そうよ。十年後にね……」

アルファーも思わず笑っていた。

彼はきっと……ロイに限らず親衛隊に入った新参者は、自分は立派な騎士に成れたとそう思っている事であろう。だが、ある日ある時、必ずや思い知るのだ。本物の凄さと自分の力の無さを。

それに気付いた時、初めて、真の騎士となる為の厳しい道のりへの扉がようやく開かれた事になる。その時やっと、彼らはその第一歩を進んだ事となるのだ。

「お待たせしました。」

料理が運ばれてきた。美味しそうな匂いを立てている。なのに、「頂きます。」とアルファーは言っても、中々食事を口に運ぼうとはしなかった。

一方、シドはよほどお腹が減っていたのだろう。とにかく集中して食べていた。その様子を、彼女は穏やかな表情で見ていた。

「……大丈夫か？」

シドは先程から手が止まったままのアルファーに気付いて心配する。今日の彼女は顔色が余りよくない様な気もしていたから……なお更、気になってしまった。

「うん。ゆっくり食べるから気にしないで。」

微笑んで見せる。

「そうか……」

彼の手も止まってしまう。

アルファーは、もう少し食べるのは後にしてゆっくりとしていたかったのだが……心配させない様に、かぼちゃのポタージュを口に含む。

「美味しい♪」

優しい味付けでお腹にジワッと温かさが染み渡った。

少し食欲が出てきた。パンをちぎって食べてみる。こちらも柔らかくてとても美味しかった。それを見て安心したシドはやっと、ペコペコの自分の胃袋を満たす事にした。

食事が終わり、シドはコーヒーを頂きアルファーは林檎のジュースを飲んで暫く寛いだ後、二人は暖かい笑顔を後にして店を出た。

そして……海の側のシドの別荘へと向かった。数ヶ月ぶりに見る海は何故か懐かしく感じられて……「帰って来た」と言う事をアルファーに実感させてくれた。

そんな彼女の美しい横顔をシドは静かに見つめていた。熱い熱い気持ちをその胸に秘めながら。

別荘の玄関のドアをくぐったその時、アルファーは行き成りシドに抱きすくめられた。

「お帰り……」

そっと呟く彼に、彼女は「……ただいま。」と小さな声で答えた。

……夢の世界は、まだ続いてくれるのだろうか。

ふと、そんな事を思う。そっと、彼女は瞳を閉じた。

海の……海の音が聴こえる。

優しいシドの腕の中で彼女は静かに、ずっとその音を聴いていた。

何度も何度も狂おしいキスをして。何度も何度もギュッと強く強く抱きしめられて。でも……今夜の彼は私を決して抱こうとはしなかった。

どうして？

アルファーは彼の腕をそっと解くと、その深い海の色の瞳を覗き込んだ。

瞳のずっと奥まで澄んだ……透明がかった彼の……

「どうして……どうして何時もみたいに……しないの？」

戸惑いながらアルファーは問う。

「だって……」

彼は優しくこう言った。

「今日、君は退院したばかりじゃないか。」

そっと髪を優しく撫でてくれる。

彼の……彼の気持ち……

「そっか。」

そっけなくそう言ったアルファーであったが、彼の言葉は、それはとても嬉しい言葉だった。

「変な人ね。」彼女は笑った。

「なーんで?」シドは彼女の深い緑の瞳を見る。

「……貴方みたいな人に実際に遭遇した事がなかったから。」

チョン♪とシドの鼻を突っ付く。「えっ?」

「私、こんなだから……付き合う人もそーゆー人って言うか、私の都合なんか考えてはくれないわよ。」

思わず苦笑する。

「でも、エレンの彼が……」

「ああ、病院に勤めている友達の?」

シドは以前会った事がある。

「うんそう。とても優しい人で……エレンは生理の時とても大変なのね。具合の悪い時、何時も介抱してくれるって言っていたから……」

アルファーは何気なくベッドサイドのランプの明かりを見ていた。

「まぁ、私には分かんないけどね。」

綺麗な彼女の横顔を、シドは見つめた。

「……分かんないって?」

そっと、その左頬に大きな手で触れてみる。

「ああ、私ねこの国に来た頃から生理が止まっちゃって。それまでも、しんどいとかそーゆーのもなかったし、だからエレンみたいにそーゆー時の大変さって言うか、感覚が分かんないのよね。」

淡々と、まるでそれが当たり前の様に話を続ける彼女。

「マラソン選手とかもそーゆー人、多いみたいよ。何時も体力の限界まで使っているから、そーなっちゃうみたい。」

……それが彼女の日常。

シドは言葉を詰まらせる。……頬に触れていた右手が震えていた。その事に気付いたアルファーは訳も分からず「どうしたの？」と、少し驚いた様に訊ねた。

「いや……」

何て言っていいのか分からなかった。言葉の代わりにシドは彼女をギュッと抱きしめた。

女の子に生理が来ないという事はどんなに不安で辛い事であろうか。普通ならそう思う感覚を、彼女は通り越して、既に慣れてしまって平気になっている。……その事の悲しさ。

「ねぇ。今、私の事、可哀想と思ったの？」

ふと、彼女は腕の中で気付く。

「いや……」

違うとは言わなかった。

「……じゃぁ何よ？」

自分の予想と少し違うみたいなので剥れて見せる。

彼はその問いには答えないでそのままずっと彼女を優しく抱きしめていた。……暖かい腕の中でアルファーは瞳を閉じる。

その心地良さに、彼女は深く追求する事を止めたのだった。


明け方過ぎ、アルファーはベッドの広さに気付いて目を覚ます。

シドの腕の中で眠りについた筈なのに……彼の温もりはもうそこには無かった。まだハッキリしない意識の中で彼女はシドの気配を探す。

ボーッとして少し頭の奥の方が痛かったのだが、無理に体を起こしてみた。リビングルームの方に人の気配を感じたからだ。ふらつきながらも彼女はそちらへ向かっていた。

「シド……」

明かりの漏れているドアを開けてみる。

「!!」

その眩しさに目が眩み。その拍子に、ふらついていた足元が掬われてしまった。咄嗟に、ドアにしがみ付こうとしたのだが、間に合わなかった。

「アルファー!!」

次の瞬間、シドが彼女の体を受け止めてくれた。

「ごめんなさい。」

他の人の気配がする。頭が痛い。

「大丈夫かい。」

シドがそっと彼女の体を抱き上げると「ちょっと失礼。」と、部屋の中に居た二人に言い、そのまま彼女を寝室へと運ぶ。

「……お仕事だったの？　邪魔しちゃったわね。」

目を瞑ったままアルファーは謝る。……具合が悪かった。

「もう終ったから大丈夫だよ。」

優しいシドの声に、やっと安心する。

「……ごめんなさい。」

あの部屋に居た他の人達の気配は恐らく彼の部下達だろう。一人は女の人の様だった。

直接見た訳ではないのだが、アルファーは気配だけで全て判っていた。

「謝る事なんて何もないさ。俺の方こそ、よく眠っていたみたいだったから起こしたくなくて。でも、君に何も言わなかったから不安な思いをさせてしまったな。」

シドは何時もそんな人だ。

「ううん。」

アルファーは首を振る。……ゆらゆら揺れる腕の中はとても心地がいい。

「具合、よくないみたいだな。まだ早いから、ゆっくり眠るといいよ。」

そっと、彼はアルファーをベッドに寝かせた。大きな手が柔らかい髪を優しく撫でる。

その事が彼女にとってどんなに嬉しい事か……

「……ありがとう。」

薄っすらと目を開けて、アルファーはその優しい大きな手に触れてみる。……温かくて、心が解《ほど》けていくのが感じられた。

彼女はそのまま又、深い眠りへと落ちていった。


——ショックだった。

秘書官を務めているルーディ・フォードは悲しみの色を隠せなかった。

夜半過ぎ、郊外で小規模ではあるがクーデターがあった。事前にその情報は察知され直ぐに鎮圧し事なきを得たのだが、それが陽動作戦とも考えられるので主だった者達は宮殿に参り又は待機していた。

だがそれも必要なくなった。主犯格の男が捕まったからだ。

……ルーディは明け始めた窓の外を静かに見詰めた。

今まで、この様な緊急時に閣下の御自宅やこの別荘に何度もお邪魔した事はあったが、女の人が居た事は一度も無かった。

――美しい人だった。

昨日、母親が閣下が店にいらして下さったと言っていた。その時に、とても美しい女性を連れていたと……。

随分と珍しい事もあるものだと思っていた。短い綺麗な色の金髪と引き込まれる様な緑色の瞳……母が言っていたその女性の感じと、彼女は同じだった。きっと、昨日閣下と食事を楽しんでいたのは彼女なのだろう。

その時、ポンッ！と肩を叩かれる。

「大丈夫だよ、相棒。」

補佐役を務めるジャミン・ルザンが慰めてくれる。二人は腐れ縁というか、付き合いが長いから、お互いを良く解り合っているのだ。

「……ありがとう。」

ルーディは笑って見せた。

けれども笑顔は何時もよりも冴えなかった。その横顔を見詰めながら、ジャミンはフツフツと怒りが込み上げてくるのを密かに、密かに抑えていた。何時もは、他人の細やかな心の動きに敏感に気付くルーディであったのだが……この日ばかりは流石に、ジャミンの心の変化には気付けなかった。

普段温和な性格の、彼の目からは穏やかな色が消えていた。

閣下は女の事を「アルファー」と呼んでいた。……間違いない。

……あの女だ。

彼は、悲しみに暮れるルーディを見る。

大丈夫さ……俺があの女の正体を全て暴いてやるから。

その色は……憎しみで満ち満ちていた。


早めの朝食を御馳走になった後、ジャミンはお手洗いを使わせて貰うふりをして、ターゲットの眠る寝室へと足音も立てずに向かった。

閣下には直ぐに〝気付かれる〟という事は重々承知していた。目的はそれと違う所にあるのだから、それも計算の内である。

朝の光が差し掛かる穏やかな空気の中……ターゲットは何も知らずに安らかに眠っていた。それが、より一層彼の神経を逆撫でさせた。

「起きろよ。」

グイッ!! と髪の毛を掴んで顔を引っ張り上げる。

……憎々しい位美しい顔だ。

気付いていたのだろう。ターゲットは静かに瞳を開けるとギロリ!!と、自分に乱暴な事をする男の顔を睨んだ。綺麗な深い緑色の瞳だ。

……ジュリアと同じ色だ。

その緑の色が非常に気に食わなかった。腸が煮え繰り返る。

バシッ!!

思い切り、美しい横顔を引っ叩く。それでも何も抵抗をしようとしないターゲットに、益々彼は腹を立てる。

「何故お前なんかがここにいるっ!!」

怒鳴っていた。

対して、「初対面のくせに随分なご挨拶ね。」クールに笑うアルファー。

「何だとっ!!」

口を開くと尚更、この女は憎らしい。

「兄貴の人生をメチャメチャにしておいて何を言うっ!!」

既に逆上していた。凄まじい怒りは相手が女だという事もすっかり忘れさせ、気が付いたら思い切り殴っていた。鈍い音と共に彼女の体はベッドの外へ吹っ飛び、そして床に激突した。

「どうしたんだ!」

騒ぎを聞きつけてダイニングに居たシドとルーディが駆けつける。その声にジャミン・ルザンはハッ！　とする。……やり過ぎた。

「大丈夫か。」

慌ててシドはアルファーに近寄る。

頭を思い切り打った彼女は、激しい痛みの中でそれでも「……大丈夫よ。」と力無く言う。……頬が赤く腫れていた。

寝間着代わりに着ていたバスローブがすっかり開《はだ》けて、美しい肌が見えてしまっている。シドは、激しい怒りに支配されそうな自分を抑えて、彼女のローブの乱れを直し、そっと優しくベッドに運んだ。

それまで訳も分からず驚いていたルーディが、ハッと我に返りベッドに駆け寄る。多才な彼女は医者でもあった。

「大丈夫ですか。」

彼女がその腫れた頬に触れようとした時、アルファーは一瞬ビクッ!!と体を逸らした。

「治療をするだけですよ。」

優しくそう言った彼女にアルファーは身を任せる事にする。が、アルファーは、その事が自分を殴った男を益々怒らせるだろうと感じていた。……ビリビリした視線に気が付いていたからだ。

「ルーディ!!　そんな女に治療をしてやる事なんてない!!」

ジャミンが怒鳴る。

「どんな理由があるとはいえ、女の人に手を上げるなんてよくないわ。」

静かに「どうしたのよ。貴方らしくない。」ルーディは言った。だが、その言葉は今のジャミンには火に油を注ぐようなものだ。

「この女はなぁ!! 俺の兄貴の人生をメチャクチャにしたんだっ!!」

止まらなくなった。

「兄貴には婚約者がいて結婚式の日も決まっていた!! それを、この女のせいでメチャクチャにされたんだ!!」

怒りまくる彼を尻目に、アルファーは冷静に、自分の為に好きな男が結婚式をドタキャンしてくれるなんて……そんな事が本当にあったらどんなに良いだろうかと、痛む頭の中で考えていた。

今まで、そこまで男の人に思われた事は無かったから……。

だから、本当に身に全く覚えの無い事だった。何か彼は勘違いしているのだろう。まぁ、それもよくある事だから。

「兄貴は……ジュリアとの、上司の娘さんとのその結婚を断ったばっかりに……」

「えっ!?」ジュリアという名前には何故か聞き覚えがあった。

「エリート街道をまっしぐらに歩いて来た、皆の自慢の兄貴だったのに。お前のせいだ!! お前のせいで兄貴は可笑しくなってしまったんだっ!!」

アルファーは起き上がって、怒鳴り散らした男の顔をまじまじと見る。ジェイクの……ヘビースモーカーの男、ジェイクの弟？　そう言えば、よく見たらジェイクと彼はとても似ていた。でも……。

「人違いじゃない。確かに私はジェイクと付き合っていたわよ。婚約者と同時進行でね。でもね、私だけじゃないのよ。その時彼と付き合っていた浮気相手って。」

それは実に冷ややかな言い方だった。

「何だと。」

一瞬怯む彼を無視してアルファーは続けた。

「ジェイクの同じ部署の女は皆、彼のお手つきよ。確かその時、黒髪の子とも付き合っていた筈よ。聞いてごらんなさいよ。もっとも……」まるであざけ笑うかの様に「そんな事、聞ける訳ないでしょうけど。」

「何だとぉぉぉーっ!!」

彼の怒りはいよいよ収まりが付かなくなってしまっていた。怪我をしているアルファーに、再び掴み掛かろうとする。それを止めたのは、今の今まで何かにジッと耐える様に、アルファーとジャミンのやり取りを聞いていたシドだった。

……頭がどうにか成りそうだった。

「いい加減にしないかっ!!」

耐え切れずシドがキレた。

一瞬にして部屋の空気が変わる。そこに居る誰もが……驚いていた。

激しい怒りに震えている彼の姿。そんな姿を、決してそれまで見た事が無かったからだ。

彼は何時も冷静で、何が起こってもその時に応じて一番の対処をしてくれる人であった。

「帰ってくれないか。……悪いけど帰ってくれないか。」

やっと感情を抑えて震える声でそう言う彼に……思わず居た堪れない気持ちになったジャミンは、何も言わずに黙って従った。

自分は……閣下をとても傷付けてしまった。

その事に気付いて、部屋を後にする。

……自分は怒りに任せて、大切な人を……閣下を傷付けてしまったのだ。

言葉は時に恐ろしい刃物になる。自分が一番解っていた筈なのに。

ルーディがそっと、その後を追う。……後ろ髪は惹かれていた。けれども、今の閣下を見ているのは余りにも辛すぎたのだ。

静けさを、取り戻した部屋の中に……シドとアルファーだけが残された。アルファーはシドの怒りに震える背中を見て、本当にどうしたらいいのか分からなかった。

何時もは広い背中が、今日ばかりはとても……

きっと……感情を爆発させてあげた方が楽になれるだろうから。

アルファーはそっとその背中に両手を置く。その手が撥ね付けられる事、それからの修羅場は、経験上大体、想像付いていた。……それが、そうするのが男というモノだと分かっていた。

しかし……シドは……。

少し違っていたようだ。ジッとそのまま……怒りを堪えていた。アルファーは静かに瞳を閉じ、その広い背中に凭れた。

涙が溢れそうになった。

「……ごめんなさい。」

唇を噛み締める。シドは何処までも……私に優しくありたいと思ってくれているのか。

「……ごめんなさい。」

貴方に真っ先に出逢いたかった。そうしたら、そうしたらこんな事には……。

後ろからそっと彼を抱きしめた。……頬を涙が伝っていく。

貴方に誰よりも早く出逢えていたのなら……もっと……私だって素直になれただろうに。

後ろから抱き付いて来たアルファーのその腕を、シドはギュッと掴む。

「……約束してくれ。」

震える彼の声。

「これから……俺以外の男に誰一人、指一本触れさせないって。」

「‼」

一瞬、アルファーの腕が驚きの余り彼から離れようとした。だが彼はアルファーの細い腕を決して離そうとはしなかった。

「約束してくれ。」

強く強く、彼は細い腕を掴んでいた。

「でないと、嫉妬で気が狂ってしまいそうだ。」

……シド。

アルファーはギュッと彼を後ろから抱きしめる腕に力を入れた。

シドに……こんなに激しい感情もあるんだ。

彼の背中でアルファーは涙が止まらなかった。

「約束してくれ！」

その言葉一つで……幸せすぎて怖いくらいだった。

「分かったわ。……約束する。」

アルファーは誓う。そして、その誓いは決して破る事は無いだろうと確信していた。

幸せな約束をした後—。

彼女はゆっくりと少し強引に腕を解かれて、くるりと正面に向かされた。……怖いくらい真剣な深い海の色の瞳がそこにあった。

もう、その瞳からアルファーは逃げられない。今度は真直ぐに思い切り抱きしめられた。折れる程……折れる程強く強く彼女は抱きしめられて、まるで夢を見ている様で何時までもそうして居たいと、何時までもそうして居られるようにと、切に願った。涙が……彼女の綺麗な睫毛を濡らした。そのまま暫く二人はそうやって抱き合っていた。

朝の柔らかい日差しが二人を優しく包み込んでゆく。そして。

「ありがとう。」

静かに背中でそう言った彼は、やっと何時もの優しい彼に戻っていた様だった。

「ゆっくりしているといい。」

そう言って……シドはその後直ぐに仕事へと向かった。

アルファーシャはまだ重い体をベッドに横たえていた。体調が悪かった上に、あんな事があって……疲れきっていた。なのに、頭の中は妙に冴えてしまって、直ぐには休めそうにも無かった。色々と複雑な思いで頭の中がパンクしそうで……自分の中で対処しきれていなかったのだ。

シドに自分の醜態を曝してしまった。ジュリアとの結婚式の十日前に、別れたジェイクが結婚しなかった。そして、シドが……。

何が何だか、訳が分からなくなってしまう。でも……こうして横になっていると不思議と心が穏やかになって来ている自分が居る事にも気付いていた。彼との「約束」が大きな支えになっていたからかも知れない。

不思議だ……。

アルファーシャはそっと寝返りを打つ。そして、安らかな眠りの世界へと入っていった。

「すみませんでした。」

何時もより少し遅れて仕事部屋に入った途端に、ジャミンは早朝の出来事をシドに詫びた。

「いや、私も怒鳴って悪かった。」

それは何時もの司政官閣下だった。ジャミンはやっとホッと安心する。

「それより、その頬っぺたはどうしたんだ?」

ジャミンの左の頬が赤く腫れていた。

「兄貴に、思い切り遣られました。」

笑みが漏れていた。

「余計な事するなって……」

痛々しい頬を摩《さす》る。

「兄貴の方から声を掛けてナンパして。……婚約者が居るのに、勝手に本気に好きになって。別れても忘れられなくなっていて。兄貴が、兄貴の方が悪かったって言っていました。彼女は、人の幸せを壊すような事をする子じゃないって。」

ジャミンはシドの顔を見て言った。

「彼女が何処か歪んでいる様に見えるのは、とても悲しい辛い事があって、その事から、何とか心のバランスを取るために歪んでしまうのだろうと。」

その通りだと、シドは思った。

「自分が、勝手に誤解をして勘違いしていたみたいで……あっ、すみません。ベラベラと……」

失礼な事をしておいて、今度はその相手の弁解をする様な事を言っている自分に気付いて、ジャミンは恥かしそうに頭をかく。

「いいさ。それは本当の事だろうから。」

緩やかに笑った。

……シドもその事には気付いていた。それが何かは、彼女を歪ませるものが何かは分からなかったが……。

何時かきっと、話したくなったら話してくれるさ。

シドはそう信じていた。それに何よりも、悲しい傷を無理やり開いて穿り出すような事はしたくなかったのだ。

その日の夕刻の頃……。

久しぶりに早く仕事を済ませて別荘に帰った彼が見たものは、夕暮れのオレンジの光の中に安らかに眠るアルファーシャの姿だった。思わず……その美しい光景に見惚れてしまっていた。

静かに近寄って、布団から出ている細くて自分より随分小さな手を取る。そして、そっと……愛しいその手に口付ける。ふと彼は、ずっと渡しそびれていたアルファーシャへの誕生日プレゼントの事を思い出していた。……どーも照れくさくて、何て切り出していいのかよく分からなかったのだ。

ずっと……ずっと密かにポケットで温めていたプレゼントをそっと……そっと、彼女の身に着けた。そして、優しく髪を撫でて今度はオデコにキスをする。

喜んでくれたらいいのだが。

不安だった。しかし、そーでもしないとこのままずっと、有耶無耶《うやむや》な関係になってしまう様な気もして耐え切れなかった。自分が……こんなに激しい感情の持ち主だとは今日まで気付かなかった。自分の中に、こんな激しさがあるなんて全くもって知らなかった。

「……君は時に、天使にも悪魔にも見えるよ。」

静かにそう言って、シドは微笑む。そして……。

その美しい寝顔を何時までも優しく眺めていた。

「綺麗……」

目覚めたアルファーシャが、何時もとは違う指の何かの感触に気付き、明かりをつけた後。驚きの余りに何が起きたのか分からなくて、暫くボーッとしてから言った初めての言葉がそれだった。

小さな緑の石のついたファッションリングだった。左手の薬指に優しく光っている。

でも……彼女は凄く凄く嬉しかったのだが、同時に困ってしまっていた。

その時、「アルファーシャ、起きたのかい。」寝室のドアが開いてシドが入ってくる。

「あの……」言い掛けた彼女に、

「……誕生日だっただろ。」

少し恥かしそうなシド。

……そういえば忘れていた。

今考えると、誕生日の日に彼女は戦地に居た。だから……また一つ歳を取った事さえ忘れていたのだった。

「それに、ココにしとけば男はきっと誰も寄って来なくなるだろう。」

そう言って、薬指を指差すシドにアルファーシャは思わず苦笑した。

「そうね。」

そして、幸せな「約束」を思い出す。

「君を……縛るつもりは無かったんだけど。」

シドはホッとしていた。どーやら、嫌がられてはいない様子だ。

「綺麗だわ。」

アルファーシャは細い指輪を光に翳して見る。そして、微笑む。

「シド、ありがとう。」

きっとステディーリングのつもりなのだろう。彼の気持ちと、自分自身の今の気持ちに、素直になって受け取る事にした。

何よりうれしかったから。

……心に小さな花が咲いた。もし許されるのなら、その花をずっと咲かせ続けて居たい。

アルファーシャはその時、本当にそう思っていた。


自宅に戻ったアルファーは、行き成りムーッとする。

キッチンに「返しておいて。」とシャリアに頼んでおいた、スカイから借りた小鍋がそのままにしてあった。普段キッチンに立たない証拠だ。もしや、と思い冷蔵庫の中を覗いてみる。空っぽだった。

やっぱり。全く！　何時もはキチンとしている子なのに、どーして私が居ないとこーもだらしなくなっちゃうのかしらねぇ。食事、どうして居たのかしら。

アルファーは弟の体を心配する。もっとも、心配した所で当の本人は勤務中なので文句の付けようが無いのだが。

まぁいいわ。明日、た〜っぷり！言ってやる。スカイの所へはお菓子でも作って一緒に持って行ってあげましょうか。ユウも居るみたいだし。

アルファーはそっと左手の薬指を見つめた。

リングが綺麗に光っている。……夢ではなかったんだ。優しいシドとの時間は何時も夢を見ている様で、ふと我に返るとスゴク不安になる。日常とはかけ離れ過ぎている様な気さえしてくる。でも。

アルファーにとってそれはとても大切な時間だった。シドとの事は誰にも汚されない様な気がしてならなかった。たとえ、例えあの兄様でも。

神の如く君臨する兄様でさえ……私の、彼への気持ちを汚す事は決して出来ないとアルファーは思った。不思議と怖くはなかった。

静かに彼女は窓を開ける。そよ風が心地良かった。

私は、もう二度と迷う事は無い。

アルファーはその瞳を窓の外のずっと、ずっと向こう側に向けていた。

チョコとバニラ風味のチェック模様のクッキーをおみやげに、アルファーは久しぶりにお隣さんのスカイを訪ねた。

人の気配がチャントあるのは分かっていたので、何時もの様に庭から「こんにちは。」と、声を掛けてリビングルームへと入っていく。

そこで彼女はとても異様な光景に遭遇する。

ズルズルッ!と音を立てて、皆が一心不乱に何かを無言で食べている。今まで彼女が見た事も無い様な、妙で何とも言えない。

ゲッ!! アルファーは思わず引いてしまう。

スカイ、ユウ、シド、アレンの四人が、同じテーブルでそれぞれ大きな丼のような器の中に入ってる物を食べていた。きっと少し遅い昼食を取っていたのだろうが……。

「いらっしゃい、アルファーシャ。」

スカイが何時ものニコニコ笑顔で迎えてくれる。

「いらっひゃい。」

ユウはまだ口をモゴモゴさせていた。

「やぁ。」

手にしていた箸ごと上にあげて挨拶をするシド。

それぞれの顔を彼女は笑顔で見る。

「元気そうね。」

シドとは先日再会したばかりであったが……他の皆とは実に暫くぶりに会えたのだ。彼女は皆と生きて再び会えた事がとても嬉しかった。しかし、「……久しぶりだね。」控えめにそう言った兄のアレンの方には露骨に顔を向けない。それは何時もの事だ。

兄様と同じ顔なんて見たくも無い。それに……

スッとその横を通り過ぎてキッチンに行く。

「鍋、ありがとう。シャリアに言っておいたんだけど、忘れてたみたいで、遅くなってごめんね。」

「あっいいよ。ところで、その袋はひょっとしたら……」

スカイは彼女の手にしていた紙袋に思わず期待してワクワクする。

「あっ。クッキーよ。後で食べてね。」

そっと棚の所に置いておいた。

「うれしーなぁ♪」

「うわぁーい♡」

スカイとユウはニコニコだ。

アルファーは「良かったわ。」と微笑みながら、小鍋をシンクの下の棚に入れる。勝手知ったる人の家だ。

「アルファーシャ、飯食った？」

シドが、例の物を箸で掬いながら訊ねた。ヌードルの類だろうか。

「うん食べた。……それ、何？」

恐る恐るシドに近付いて、テーブルの上の丼の中を覗き込む。茶色いスープ？だろうか。その中に黄色っぽい細長いヌードルの様な物が入っていて、他に肉や野菜の具が入っていた。

「ラーメンだよ。」

シドがその様子を見て微笑む。

「らーめん？」

初めて聞いた食べ物だった。

「とっても美味しいよ♪」

ユウがニコニコしながら言った。←結構、雑食性？のお姫様かも知れない。

「ふーん。」

先程から漂って来る匂いは美味しそうでとてもイイなぁとは思っていた。

「食ってみる？」

シドが箸を差し出す。そして自分の座っていた椅子を譲ってくれた。

きっと、嫌がるだろうなぁ……アルファーの義父の弟であるアレンはそう思った。彼女は宮廷料理で育ち、厳しく躾《しつけ》られた。A級グルメ以外の変な物を口にする事は嫌がる筈だ。だが……

アルファーは意外にも自然に座ってシドの箸を取ると、慣れないながらも麺を何とか掬って食べてみた。

「ん〜っ。美味しい♪」

忽ち笑顔に変わる。

「だろっ。チャーシューも食べてみ。」

シドは嬉しそうに微笑んでいた。

「チャーシューって、コレ？」

お肉の煮てあるのを箸で摘んでみる。

「そうだよ。」

「……じゃあコレは？」

今度はシナチクを指す。

「それは竹の子みたいな物で、シナチクって言うんだ。」

「ふーん。」

早速アルファーシャはチャーシューから食べてみる。

「……美味しい♪」

お肉は大好きな和食の味付けに似ていた。シナチクも食べてみる。これも不思議な食感だが美味しかった。

「シドが作ってくれたんだよ。」

ユウはとても嬉しそうだ。

「そうなの?!」

アルファーは驚く。

「シドって何でも出来るのね。」

もう少しだけ麺を頂こう。美味しい♪

「美味しい物をいっぱい知っているんだよね♪」

ユウの目はキラキラ☆している。

「そうだね。にーちゃんスゴイよね。」

スカイがユウの頭を撫でながらそう言った。

「ありがとう。美味しかった。」

アルファーが席を立つ。

「今度、君にも作ってやるよ。」

そう言ったシドの瞳が、何時になく優しい事にアレンは気付いた。……何時の間に、アルファーシャと仲良くなったんだろう。

「うん。楽しみにしているわ。」

そう答えるアルファーシャも、シドには割と素直の様だ。

「じゃぁね。」

彼女はガラス戸の方へ向かった。

「あれっ、もう帰るのか？」

シドが呼び止める。

「アルファー、もうチョット居てよ〜っ。」

ユウが駆け寄って彼女の腕を引っ張った。その仕草がとても可愛い。

「今、お茶を淹れるよ。」

そう言ってスカイも立ち上がる。

「あっ、でも、これから約束があるの。」

嘘だった。

アルファーはユウの頭を撫でる。

「……ゴメンネ。」

アレンの顔を、これ以上見ているのは耐えられなかったのだ。

「じゃぁ……仕方ないよね。」

シュンとしてユウが手を離す。

それには可哀相な気がしたのだが……「また今度ね。」アルファーはにこやかにそう言ってから一人、ガラス戸の向こうに消えた。庭伝いに彼女は家に入り、リビングルームでハーッと息を吐く。

……変に思われなかったかな。別にイイけどね。

アレン・兄さんとは何時もこんな感じだった。彼は……私に負い目があるから。その事については、何も言わない。言えるハズ無い!!

と、不意にアルファーのケータイのベルが鳴った。シドからの着信になっていた。

「……はい。」電話に出る。……嬉しかった。

「ごめん。おせっかいだったかな。」優しい低い声。

「……ううん。ありがとう。」……凹みそうだったから。

でも、何処から掛けてくれているのだろう。兄さんに気付かれたら……。

ふと、アルファーシャは窓の外を見た。すると、スカイの家の庭の垣根の所でタバコを吹かしながらこっちを見ているシドが居た。その隣にチョンとユウがベンチに座っていた。こちらに気付いたユウがニッコリ♪と笑って手を振る。思わずアルファーシャは駆け寄っていた。

私は独りじゃない。それが感じられて、嬉しかった。

アルファーは宮殿の廊下を歩いていた。

靴の音がコツコツと響く大理石の床を踏むのは数ヶ月ぶりだった。

今日は、Dr.シードに呼び出されていた。彼はF・G・C No.3の実力の持ち主であるが……少し変わり者で、城の地下深くに研究室を持ち、そこに相棒の大男・クラウンと共に住みついていた。

アルファーは憂鬱だった。苦手なのだ、Dr.シードは……。しかし、思い当たる節がある事と、何よりルース様を通しての呼び出しだったので仕方なかったのだ。断りたくても断りようがない。

ルース様とはその用事の後に御食事をする約束をしていた。

時間までまだ三十分以上ある。少し早く来すぎた様だ。……まぁいい。

アルファーは武道館の方へと向かった。親衛隊員が剣の練習をしているのか、遠くからその掛け声が聞こえていた。「ゴロニャン事件」で出会ったロイ・ブライトマンの、その後の様子も気になっていた。

掛け声が大きくなる。どうやら今日は外での練習の様だ。天気がスゴクいい。庭の樹々の緑がとても眩しかった。ふと、隊長殿が反対側の渡り廊下から、こちらに向かって歩いて来るのが見えた。きっと行き先は彼女と一緒なのだろう。

「アルファー殿。」

気付いた。

駆け寄って来て深々とお辞儀をする。

「この前は、大変失礼を致しまして……」

「……それはもう言わないで。」

アルファーは苦笑する。

「ロイの様子を見に来て下さったんですか。」

ルース様との御夕食の約束の事は知っているのだろう。それまでには時間が空き過ぎる。

「ええ。ルース様との御約束の前に、Dr.シードに呼ばれているのだけど。まだ時間が少しあったので、コッソリ様子を見てみようと思ったの。」

その言葉に隊長殿はニッコリと笑われた。

「コッソリなどと仰らずに、会ってやって下さいよ。喜びますよ。」

「……そうなんだろうけど。」

練習の邪魔をしたくなかったのだ。それと、中にはゴールデン・ナイツの存在を良く思わない隊員もいるので、ロイの為にもあまり刺激を与えない様にした方が良いと思っていたのだが。

「あの……」

とても言い難そうに隊長殿は言い掛けた。

それに気付いたアルファーは、「今日は天気が良くて機嫌がいいの。だから、何を言っても頼みなら聞いてあげるわよ。」そう言って笑った。

隊長殿の顔がパッと明るくなる。

「では、御言葉に甘えてお願いさせて頂きますが、是非……手合わせをお願い出来ないかと……」

……なんですとっ!!

「あの……私は恥かしながら実戦の経験がないので、その……」

きっと、ルース様の為に強く成りたいのだろう。

「いいわよ。」

アルファーは隊長の申し入れを快く承知した。彼の真直ぐな陛下への気持ちを汲んでやりたかったのだ。

二人は武道館へ向かった。そして練習用の剣を手にする。

「外に出ましょうか。」

天気がとても良い事と、武道館の中で実戦などという事はまず想定出来ないので、アルファーはそう提案した。

「はい。」

訳も分からず隊長殿はそれに従う。

「あの、着替えなくて宜しいのですか？」

練習用の戦闘服を手にして彼は言った。

アルファーは溜息が出そうになったが、優しくこう諭す。

「敵さんが攻めてきた時、着替えるのを待ってはくれないでしょう。どんな格好でも戦える事は大切よ。」

隊長はその言葉を聞いて、流石だなと思った。同時に自分が如何に戦いに対しての意識が低いかという事を知る。アルファーはタイトスカートの制服姿でヒールの高い靴を履いていた。もしも、いざ実戦となれば場合によっては寝間着のまま武器を取らなくては為らない事もあるだろう。

芝生の敷かれている運動場の方に出る。遠くには隊員達の姿が見える。……参ったなぁ。そう思いつつも。

「何処からでもどうぞ。」

アルファーが静かに言った。

剣を構える――。

隊長は思わず感心してしまう。それはとても美しい立ち姿だった。

次の瞬間、アルファーの顔付きが変わる。

先程の穏やかな表情で会話をしていた時とは違い、ピリピリと緊張した空気が流れる。

ゴクッと隊長は息を飲む。アルファーには隙が全く無かった。

ならば……。

思い切り打ち込んでみる。

予想に反し、まともに面打ちが入ったと思ったその時、スッと紙一重の所で彼女は躱していた。

相手の体勢を崩すべく、隊長は、何度も何度も素早く打ち込んでゆく。が、その全てが軽く躱される。

やがて汗が迸《ほとばし》ってくる。一方、彼女は涼しい顔で汗一つかかずに鮮やかに身を翻してゆく。悔しいのだが歯がまるで立たないのだ。

「隊長殿がんばって下さい！」

何時の間にか隊員達が集まって来ていた。

「アルファー様、お手柔らかに！」

ロイの声も聞こえた。

「あいよっ！」

余裕でその声援に答える彼女に、何とか隊長は一本取りたかった。だが、気付かない内に彼は自分の限界の動きをとうに超えていた。

次に打ち込んだ時、踏みしめた足がグラッと来て、その事に気付いた。

――しまった。

そう思った時には既に遅し。

ドッ‼　と地面に倒れ込む。完全に自滅してしまった。

少しずつではあるが、アルファーは剣を避けるタイミングを早くしていた。それが、知らず知らずの内に隊長の打ち込みのリズムを狂わせ、彼の打ち込みスピードが、自分の体の耐えられる限界速度を超えてしまっても分からなかったのだ。結果、足にくるのは当然だ。

適わない。

へたり込んだ隊長殿にアルファーは手を差し伸べる。

「立てますか。」

細くて白い手だった。

「ありがとうございます。」

素直にその美しい手を取る。

その時、隊長はある事に気付いた。アルファーの手は普通の女性よりもずっと掌の皮が厚くてゴツゴツした感じがした。隊長殿はやっと安心する。

騎士は一日にして成らず。そんな言葉を思い出した。

「ありがとうございました。」

爽やかに、彼はお礼を言った。

「いいえ。時に隊長殿……」

渡り廊下の方をジッと見ながら、アルファーは言い掛けた。

「ゴールデン・ナイツ同士の闘いを見た事はありますか。」

その美しい緑の瞳の見詰める先に人影が現れる。

まるで、その人の気配を事前に解っていたかの様に。いいや。分かってらしたのだろう。

人影が近付いて来て、徐々にその人物が明らかになる。

司政官閣下だった。

「シドーっ!! ちょっとこっちに来てよ!!」アルファーがピョンピョン♪飛び上がって合図を送る。シドはこの時、何となく悪い予感がしたのだが、そんな彼女の姿を見て思わず微笑み早足で向かった。

「ちょっと付き合ってよ！」

剣をヒョイと上に向ける。

「ちょい待てーっ!! 俺、徹夜明けだぜ。」

ウンザリとした顔で彼はそう言った。昨夜から一睡もしていなくて、やっと仕事が上がったら今度はルース様から御声が掛かって……その御約束の時間までは、まだ暫くあるので芝生の所ででも転がっていようと思っていたのだ。

「ハンデになって丁度いいわよ。」

そんな事はこの姫様には全く通用しない。……ニコニコ♪笑ってやがる。そして、否応無く練習用の剣を手渡される。

「……剣はあんまり得意じゃないんだけどなぁ。」

ポリポリと頭をかく。そんなシドを尻目にアルファーは剣を構えた。

「行きまっせーっ!!」

とても楽しそうだ。

「……しょうがないなぁ。」

結局、付き合わされるハメになった。

この国で一番剣が強いと謳われている司政官閣下の、剣を構えたその姿はとても凛々しく美しかった。アルファーは期待で胸がワクワクしてくるのを感じていた。ニッと笑って、先程の隊長殿の時とは逆に今度は自分から激しく打ち込んでいった。

――速い!! ……こりゃあ、真面目にやらないと怪我させちまうなぁ。

もの凄いスピードの上、確実に隙を突こうとしてくる彼女の動きにシドは感心する。流石、長老殿の剣の動きを止めただけの事はある。だが心配の種も尽きない。……体調だってまだ万全では無いだろうに。

親衛隊長は先程とは比べ物にならない位の、凄まじくシャープなアルファーの動きに目を見張っていた。

時に、剣と剣との激しいぶつかり合いは空中にも及ぶ。

バシッ!! 宙で剣が音を立てて重なる。お互いその反動で仰《の》け反《ぞ》る。その瞬間にも体勢を立て直してアルファーは攻撃を加える。紙一重でシドは避ける。全てが空中に浮いている間に素早く行われている。アルファーは地面に着く直前にクルッと回転し着地。迅速に新たな攻撃を懸《か》ける。素早く反応するシド。目も止まらぬ速さで次々と技を懸けるアルファー。

だが彼女には致命的な欠点があった。本人もそれは良く自覚している。

ザッ!! 大地を蹴る。バシッ!! 剣がぶつかり合う。

一見、二人の力は互角の様に見えた。が、シドはぶつかる時の力を上手く加減していた。アルファーが力負けして跳ね飛ばされない様にだ。親衛隊の中には、アルファーが激しく打ち込んでいてシドがそれに押されている様に見えたので、アルファーが優勢と見た者もいた。しかし、未来のアルファーシャ王女の騎士・ロイは気付いていた。

時々、二人の動きが速すぎて見えない事もあったが、司政官閣下がアルファー様に気遣って闘っている事は明らかだと思った。

二人の騎士達の激しい闘いは続く。このままでは一体、何時決着が付くのか判らなかった。決定的な行動をどちらかが起こさない限り、体力の限界が来るまでずっとこの状態だろう。

ビシビシッ!!　練習用の剣から余りの打ち合いの激しさに火花が散った。次の瞬間――。

しまった!!

シドは激しくぶつかり合った瞬時、それを感じた。力を入れ過ぎていた。アルファーの体が耐え切れずに吹っ飛ぶ。

その方向には武道館の壁があった。このままでは激突する!!　だが彼女はクルッと宙で回転し壁を蹴る。そのまま攻撃態勢へと入った。かえってピンチが彼女の攻撃スピードを加速する。

……流石だな。感心している暇は無い。来るっ!!

攻撃を受け止める。

……どうする。シドはある事に気付いていた。そろそろ彼女の靴のヒールが限界だという事に。先程の攻撃でアルファーは少し足元を気にする動きをしていた。そもそも、かかとの高い靴で闘うなんて土台無理な話なのだ。剣の闘いに大切な足の踏ん張りが殆ど利かず、靴の強度も低い。

……どうやって終らせるか。

攻撃を躱しつつシドは考える。されど、アルファーの攻撃は勢いが衰えるどころか益々激しくなっていった。まるでその状況を楽しんでいるかの様に。

ビシビシッ!!　再び大きく空中でぶつかり合ったその時——。

彼女は態《わざ》と力を抜いた。

「……!?」

やられたっ!!

シドが上手く加減した筈の力が、その思惑とは逆にそのまま彼女の体を弾き飛ばす。アルファーは……ぶつかった時、笑っていた。

ちくしょーっ!!　楽しんでやがるっ!!

木に激突する直前に、彼女は回転し幹を蹴り、次の攻撃を仕掛けて来る。

どうする!!　もう、彼女の足は持たない。このままでは……。

来るっ!!　……このジャジャ馬めっ!!

シドは咄嗟に剣を投げ捨てた。彼女の攻撃を紙一重で避ける。

ドッ!!　アルファーの体を受け止めた。が……

その勢いは止まらず、彼の体も一緒に宙に浮く。

瞬時に、シドは彼女の頭をギュッと抱え込み、地面に激突する衝撃に備える。……いて～だろ～な～っ。そう思った時、フワッと体が上に浮いた。そして、そのまま静かに地面に着地する。

「……ユウか。」

ハーッ……と安心した様にシドが言う。

姿は見えなくても力の使い方の「感触」というか「感じ」で判る。……ユウが助けてくれたのだ。腹の上ではクックックッとアルファーが笑っていた。

「なーに笑ってんだよ!!」

ポカッ!と頭を叩く。

全く! 人の気も知らないで……。

「負けちゃった♪」

この上も無く楽しそうに彼女が言う。

ちくしょーっ!! 思い切り楽しんでやがる。

「よいしょ。」

アルファーがゆっくりと起き上がる。

「あーっ、やっぱり取れちゃった。」

ペタンと芝生にお尻を突いて座って靴を脱ぐ。新調したばかりの靴はボロボロで、見事にカカトが取れていた。

「とんでもない姫様だな。」

シドが立ち上がり、パンパンと制服に付いた土埃を掃《はら》いながらシミジミと言った。

「どういたしまして。」

その満面の笑みに……シドは今度は大きな溜息を吐かされる。返す言葉も無いとはこの事だった。……本当に参るよ。

ヤレヤレと、思いつつもそっとアルファーに手を差し伸べた。

「ありがとう。」

彼女はその大きな手を取る。

「ホントに得意じゃなかったのね。」

立ち上がる。そして、真直ぐに深い青い海の瞳を見つめた。

「相手を気遣って闘う剣士なんて見た事ないわよ。」……笑っていた。

「……仕方ないだろ。」シドは少し剥れて見せた。

「あ～あっ。とーとー本気にさせる事、出来なかったなぁ。」

アルファーはグーッと伸びをしながら言う。

「そーでもないさ。」

シドは苦笑する。……必死でしたよ。そりゃぁ。

「私に怪我をさせない様にでしょ。」

ツン♪とシドの鼻を楽しそうに突っつく。

「……何とでも仰ってくだせえ姫様。」

少し照れていた。そこへ「アルファー様!!　司政官殿!!　大丈夫ですか!!」ロイが駆け寄って来る。

「大丈夫よ。」その姿にアルファーが微笑む。

「御二人共凄かったです。」

彼は非常に興奮していた。

「自分も御二人の様に成れるように頑張ります。」

漆黒の瞳がキラキラと輝いている。

そんな外の様子を、宮殿のヴァルコニーから静かにルース様とユウが楽しそうに眺めていた。しかしこの勝負……ユウの一人勝ちかもしれない。

しつこいようだが、アルファーはDr.シードは苦手であった。

彼女は、埃だらけでボロボロになった制服の代わりにユウに服を借り、かかとの取れてしまったヒールの代わりにその服に合う靴も借りた。ユウの服は全てルース様のお好みの物だ。

「はぁぁぁーっっ！」

アルファーは思い切り溜息を吐く。彼女は淡いラベンダー色のフリフリのドレスに身を包んで廊下を歩いていた。これはまだマシな方だったのだ。

ピンクのフリフリなんて着れるかーっ!!

ユウが初めに用意してくれていたのが「それ」だった。ユウの手前もあるので……一応、一応当ててみた。

「かわいいーっ♪　アルファー、お姫様みたいーっ♡」

ユウはそう言ってとても喜んでいた。↑悪気は無い。

姫様だって今時こーんなのは着ねーつーのっ!!

あの男がさぞかし喜ぶであろう。そう思うと、腹が立って腹が立って、も一つ腹が立って。

……着いた。

アルファーはドアの前に立つ。……帰りたくなって来た。その時、バッ!!と、

「アルファーちゃん!!」

待ちきれなかったのだろう、大男のクラウンが勢い良くドアを開けて飛び付いて来る。

「元気だった？　クラウン。」

ブワッとその巨体に抱き竦められながら彼女は問う。

「うん。」クラウンはそう言って頬をスリスリ♪してくる。

「お土産があるわよ。」

辛うじて潰されない様に守っていた小さな紙袋を彼の顔の前に出す。

「わーい♪」

今度はそっちに夢中になる。早速、紙袋の中の包みを開けようとしていた。

クラウンはユウと同じだった。その巨体からは想像も付かないのだが、今年五歳になったばかりなのだ。

「クラウン。まだお礼を言っていませんよ。」

部屋の奥から穏やかな声が聞こえてくる。Dr.シードの声だ。

「はーい。アルファーちゃん、ありがとう♪」

包みの中味はクラウンの好物のクッキーだ。

「何時もすみませんね。」

眼鏡越しにスミレ色の美しい瞳が笑っている。

兄様と同じ色の瞳。アルファーは目を逸らす。

「……いいのよ。」

クラウンの嬉しそうな姿を見る。

「今日は一段とお美しいですね。」

きっと微笑んでいる。アルファーが思った通り、その時Dr.シードは笑っていた。

スミレ色の瞳にプラチナの長い髪。彼は男にしておくのは勿体無い位、類稀な美しさを備えていた。

「お待ちしたかいがありましたよ。」

約束の時間には随分と遅れた。もっとも、そんな事は伝えなくとも理由は分かってしまうのだ。

「それで、用は何かしら？」

自分を慕うクラウンには可哀想なのだが……サッサと済ませたかった。だが彼は、「まぁ、そうお急ぎにならずに、お茶でも淹れましょう。」そう言ってソファーの方に右手を向けた。

「座れ」という事だ。仕方なく、アルファーはそちらに向かった。途中、部屋の真中にあった物に……彼女は激しく反応する。

悪趣味っ!!

「綺麗ですよね。」

惚れ惚れした様にシードは言う。

それは、この前切り落とされたアルファーの右腕だった。ガラス張りのカプセルに羊水の様な液体が入っていて、その中に彼女の腕が浸かっていた。まるでそれは……インテリアか何かの様に部屋の中央に飾ってあるのだ。

狂っている――。

「久しぶりに城の中で血の匂いがしたので。早速行ってみましたら、この美術品の様な美しい貴女の腕が落ちていたのですよ。」

「……アルファーちゃんの腕、綺麗。」

白い美しい右腕をクラウンも見詰めていた。

「で～も～。あのチビ、許さなーい!! あいつのせいでアルファーちゃん怪我したーっ!!」

唐突に……「殺してやるーっ!!」顔付きが変わる。

狂っている。二人共どこか狂っているのだ。

「でもね、クラウン。ロイは私の騎士になるからいいのよ。」

キチンと言っておかないと本当にクラウンはロイを殺しかねない。

「この腕は貴方達に上げるわ。だから、それでいいでしょ。」

それが呼び出した理由の一つとアルファーは解っていた。

「良かったですねクラウン。」

……美しいシードのプラチナの綺麗な長い髪が揺れる。

「アルファーちゃん、ありがとう。」

Dr.シードの言葉で、途端にクラウンは何時もの彼に戻る。まるで何かの暗示にでも掛かったかの様に。

座りたくはなかったのだが……アルファーはソファーに腰掛けた。すると、「イラッシャイマセ。」家事専用の女性型アンドロイドがお茶を運んで来てくれる。

「……ありがとう。」

「イイエ。」

声の電子音を除けば、そのアンドロイドの動きや肌の感じや髪までもが、まるで人間のそれと同じだった。とても美しく、とても精巧に出来ている。……Dr.シードが作ったのだ。

彼女はシードとクラウンの身の回りの全ての事を世話してくれていた。

それ程の技術を持っているのだから声も美しく出来ように……以前アルファーがそう訊ねた事があった。その時、彼は「ロボットらしくていいでしょう。」と笑っていた。どうやら妙な拘りがあるらしい。

アルファーは真向かいに座っているDr.シードの、自分を見詰める少し熱を帯びた視線を感じつつも、無視してティーカップのお茶を口に運ぶ。……薔薇の香りのお茶だった。彼の一番の好みの物だ。

「どうやら、今日の貴女が特にお美しいのは、ドレスだけのせいではないようですね。」

……全てお見通しなのだ。なのに、わざわざ回りくどい言い方をする。

Dr.シードもとても大きな力の持ち主だった。

「女性は恋をすると美しくなりますからね。」

アルファーはティーカップをそっと音を立てずにソーサーの上に置く。

「何が言いたいのかしら?」態と惚《とぼ》けてみる。

「貴女は、そんな小さな石で、満足為さる女なのですか?」

胸元の、ネックレスに吊るしてあるシドから貰った指輪は、ドレスに隠れていて外からは見えない筈だった。もっとも、そんな事はこの男には関係無いのだ。人の心の裏側まで見透かしてしまうのだから……

「さぁ、どうかしらね。」

フッと笑ってみる。

「悔しいですね。私は貴女のお小さい時からずっと……貴女を愛していましたのに。」

眼鏡越しにスミレ色の瞳が冷たく輝く。

「貴女もそれを良く知ってらっしゃるくせに、私の目の前で他の男に攫《さら》われてしまうなんて……酷いですね。」

その彼の手がアルファーの頬に近付いていた。……とても美しい手だ。

しかし、スイッとアルファーはそれを避ける。

「おやおや……今日は随分つれませんねぇ。」

何処まで本当で、何処から嘘なのだか……アルファーがそう思った時、

「私は本当の事しか言いませんよ。」

Dr.シードはニッコリと微笑んだ。

……全く!!　何て奴よ!!

「ありがとうございます。」ニコニコ♪

完全に、アルファーの心が強大な彼の力によって読まれているのだ。アルファーは「誉めてないっ!!」思わず言葉にして叫んでいた。

「ところで……本当に貴女は小国の王妃なんかに納まるおつもりなのですか。」

今日の彼は何時もより少し、しつこかった。

「……許されると思う?」

アルファーがスミレ色の瞳をジッと睨む様に見詰めた。……彼女の兄上と同じ色の瞳だ。

「まぁまぁ、貴女の御兄様の瞳の色と私の瞳の色が同じだからって、そんなに怖い御顔をしないで下さいよ。」

宥める様にDr.シードは言った。

シードは別に悪くはない。だが……その力の大きさ、言葉とは裏腹な横暴さ、何よりもその瞳の色、嫌でも兄上を思い出させるのだ。

「シード。そんな事を言う為に私を呼び出したのでは無いだろう。」

本題に移る。

「そうですね。」彼はティーカップを静かにテーブルに置いた。

「実は……」その美しい瞳を伏せる。

「No.4の制作に掛かろうと思いまして。」

F・G・CのNo.4は欠番になっている。ルース様がお決めになった事だ。

No.4はシードに何れ作られるであろう新しい生命の為のナンバーだった。……死神ナンバーとも言われている。

「それで、お願いがあるのですが……」

スミレ色の瞳がアルファーを益々優しい色で見詰める。

「……何？」

「No.4は、貴女とユウ姫の遺伝子をベースに作りたいのです。」

……シードの考えそうな事だ。思わず彼女は溜息が出そうになった。

が、「ユウは、何て言っているの？」その事が気になった。

「うーん、いいよ。って仰っていました。」……全くユウらしい。

「……そう。」アルファーはティーカップで手悪戯を始める。考え込んでいる時のクセだ。

「でも、No.4が生まれるって事は……シード、貴方が死ぬって事よ。」

何となくそんな感じがしていた。彼女のカンは良く当る。それはシードも経験上、重々承知していた。

「心配して下さるのですか。嬉しいですね。」

シードは笑う。アルファーはムーッ！とする。

「人が本気で心配しているのに笑うなっ!!」

全く、いちいち頭にくる男だ。

彼女は決してシードが嫌いな訳では無い。小さい時、この城に来る度に彼はよく遊んでくれた。時々狂っている様な感じがして怖いのだが……普段は優しく、とても物静かな男なのだ。

「……ありがとうございます。」

珍しく、真面目な顔になってシードは言った。

「4番が生まれて……私が死ぬのなら、それも仕方ない事でしょう。運命《さだめ》ですから……」

長いプラチナの美しい髪が揺れる。

「もし、そうなった時。私の最後の時は……貴女の腕の中で息を引きとらせて下さいね。」

スミレ色の瞳が悲しい色を湛えている。それは、これから起きるであろう未来の話だった。

「……殺しても死ななそうなくせに。」

ボソッとアルファーは憎まれ口を叩く。そうでもしないと、自分自身も彼も泣いてしまいそうな感じがしたからだった。

シードは笑う。今度は苦笑の様だ。

「No.4の事に関しては、ユウがイイって言ったんだから私もいいわよ。それと……」

アルファーは立ち上がる。

「貴方はもうちょっと、長生きしなさいよ。」

……本当に。

それだけ言って立ち上がると、ドアの方に向かった。

「アルファーちゃん、もう帰っちゃうの？」

クラウンが寂しがる。哀しそうな言葉に胸がチクリと痛くなる。

「ごめんね。ルース様とお約束があるのよ。」

そっとクラウンの明るい茶色の髪を撫でる。

「……そーか、しかたないね。」

クラウンも普段は聞き分けの良いイイ子なのだ。

「また来るね。」

そう言ってドアノブに手を掛けた時。

「……‼」ゾクッ‼　とした。出し抜けに、アルファーはシードに後ろを取られていた。

いとも簡単に。

彼は、見かけは美しい優男風だが、強さではNo.2のシドに次ぐ騎士だ。シードはNo.3の栄光を国王陛下に頂いている。

「貴女に触れてもいいですか？」

耳元で囁かれる。

「分かっているくせに。」

……シドとの約束があった。

「意外ですね。……貴女らしくもない。司政官閣下への操を気にしていらっしゃるなんて。」

酔ってしまいそうな……シードの薔薇の香り。

「貴女が仰らなければ分からないのに。」

肩に手が掛かった。

だがアルファーは「彼はきっと、気付くわ。それに……」ゆっくりと美しい手を払い、シードの方に向いた。

「……それに？」

シードはアルファーの深い緑色の瞳を覗き込む。

——綺麗な綺麗な美しいシードの顔。幼い日、どんなに憧れた事か。

「もう……彼以外には触れて欲しくないのよ。」

その言葉は……どれ程シードを傷付けるかは解らない。けれども、緑の美しい瞳には迷いの色は無かった。静かに、アルファーはドアを開けて部屋を後にする。

自分で自分の言葉とは思えなかった。それが……自分の本当の気持ちなんだと、自分自身で言った言葉で気付く。そのままアルファーは中庭に向かった。本当は、まだルース様との御約束までには時間があったのだ。……独りになりたい気分だった。その気持ちと裏腹に……シドの顔が見たかった。

中庭に居るかも知れない。

廊下を歩く足が自然と早くなっていた。しかし、中庭には彼の姿は見られなかった。何時ものベンチにアルファーは腰掛ける。きっと……少し前まではここに居たのだろう。彼の……気配が感じられた。

……それだけでも今のアルファーには十分だった。

幸せな「約束」が彼女を強くしてくれていたから。

その日の、ルース様の御誘いの晩餐は旬の魚料理をメインにしたアルファーシャ好みの物だった。

料理を全て美味しく味わい、デザートとコーヒーを頂いている時に、それまでにこやかに過ごされていた国王陛下が、急に重々しい口ぶりで話を始められた。

「アロウ殿は……何故、何時もアルファーシャ姫を苦しめる様な事ばかり為さるのか。」

陛下はそう仰って彼女の緑の瞳を見詰められた。

「何故、危ないところばかりを選んで……行かせるのだろうか。」

この国の宮廷騎士団に所属していながらも、アルファーの任地は何時も、実は彼女の兄上の思惑があってのものであった。彼はこの国の、つまり彼にとっては他国の、細かい事情さえ手に取るように分かるのだ。時には普通の一兵士と変わらない様な任務がアルファーに与えられる様に操作して、周囲の者達には極自然にそれがまるで当たり前に思わせる様に仕向ける事もあったのだ。

「まるで、姫の死場を捜してやっている様にしか私には見えないのだよ。」

国王陛下はその事に関して、とても胸を痛めておいでであった。

「一国の姫君を最前線に送り出す等と言う事は、本来はあってはならない事なのだ。アロウ殿に何か御考えがあっての事と、今までは黙っていたのですが……余りにも、アロウ殿の仕打ちは酷すぎないだろうか。」

アルファーシャは只黙って聞いていた。

本当の事だった。それに、もう如何しようもない事なのだと判りきっていた。彼に……この世界で最強の力を持つ、あの恐ろしいアロウ・リーズ・グーリッジに逆らえる者など、この世には存在しないのだ。

——いや、一人だけ居た。

アルファーシャは、隣で話の重さに耐えられなくて、大好きなデザートに手を付ける事を止めてしまったユウを見た。だけど……こんな小さい子を自分の為だけに利用する事は彼女には出来ないのだ。

と、ユウが彼女の視線に気付いて可愛らしい顔を向けた。

「大丈夫だよ。アルファーのお兄さんはいい人だよ。」

ニコッと笑う。……ユウの笑顔はどんなに心強く感じられるものか。

「ありがとう。」

アルファーシャは微笑む。

「ユウは大丈夫だと思うのですか？」

ルース様が確認なさる。

「うん。」

にこやかに笑うユウに、

「ユウの言う事は間違いないですからね。」

やっと陛下は微笑みを取り戻された。

「私からもアロウ殿には話しておきますが……ユウ。」ルース様が彼女の赤い瞳を見詰められた。「いざとなったら例の事をお願いしますよ。」

「はい、ルース様。」

微笑むユウ。……二人だけの秘密の話だろうか。アルファーシャは、一時期に比べ、とても穏やかな表情の陛下に安心する。ユウも、以前の様にルース様を怖がって居ない様子なので、とにかく良かったと思った。どんな形に収まろうとも、二人には幸せで居て欲しかった。

アルファーシャはデザートの果物のゼリー寄せを口に運ぶ。

「ところで……最近、アルファーシャは我が司政官閣下とよく御一緒されている様ですが……」

……気付いていらっしゃったの？

思わず彼女は手にしていたスプーンを落としそうになった。

「ラヴラヴ♡なんだよねーっ♪」

ユウが茶化す。

「おや、そうなのですか。」

陛下も楽しそうにお笑いになる。

「そうだよねーっ♪」

ユウが彼女の顔を覗き込んで同意を求めた。

「…………」

恥かしくて、思わずアルファーシャは頬を染めてしまう。

「彼は良い夫となるでしょう。私はそう思いますよ。」

陛下が益々アルファーシャを赤くする様な事を言う。

……でも本当にそうかも知れない。彼はとても優しい男性《ひと》だから……。

のぼせそうな頭の中で彼女はそう思った。

もしも、願いが叶えられるのならば……そんな日が本当に来るのだろうか？

アルファーは目の前のゼリーを何気なく見詰めた。

——止めよう。考えるだけ無駄なのだ。だから……

「きっと私は……諦めなければならないのだと思います。」

静かに、そう言った彼女の横顔が余りにも悲しそうで……ユウとルース様は言葉を失ってしまった。「そんな事はない」という、その言葉が出て来なかった。


「姉さん。スカイが今晩バーベキューをやらないかって……」

久しぶりに朝から家でゴロゴロフニフニ♪していたら、弟のシャリアが隣からのお誘いを伝言しに来た。

「……いいわね。」

クッションを抱き締めながらアルファーシャはゆっくりと起き上がる。……あまり体調が良くないのかも知れない。

「じゃあ、そう伝えてくるよ。」

シャリアはまた隣へ戻って行った。

ユウが帰って来て居るのかしら？

そう思いつつも、アルファーシャはまたコロンと寝そべる。

……タルイ。そして目を閉じる。まだ夕方まで随分あるし……もう少し位ゆっくりしていても大丈夫だろう。クッションを枕代わりにする。

ところが、彼女は本格的にそのまま寝入ってしまった。

それから暫くして、買出しから戻って来たシャリアは、アルファーのその美しい無防備な寝顔にドキッとする。

恐る恐る、その髪に触れてみる。とても柔らかい髪だった。

……早く、早く姉さんを守れる位……強くなりたい。そしたら……。

胸が熱くなる。しかし……シャリアはその想いを胸の深い所に追いやって、庭伝いにスカイの所へ行く。

「あれ、アルファーは？」

ユウが訊ねる。シャリアは呼びに行った筈だったのだが。

「うん、良く寝ているから、もう少しそっとしておこうと思って……」

「じゃぁ、準備が出来たら起こしてあげようよ。」

ユウが微笑む。

「……まだ体調が戻んないみたいだね。」

エプロンを着けながら、スカイが心配そうに言った。

「そうなんだよ。」

シャリアが大きな紙袋から買ってきた食品を取り出す。

「それなのに、無茶ばっかりするから。」

シャリアはユウから親衛隊長とシドとの闘いの一件を聞いていた。

全く!!　騒ぎのある所に必ず居るんだから。

と……言うより、騒ぎを起こしている張本人がアルファーなのだ。

困ったもんだ!!

準備が全て揃った頃に、タイミング良くシドが帰ってくる。

「にーちゃん、お帰り。丁度今、出来たとこだよ。」

スカイが庭にセットしたテーブルの上に食器を並べ終える。

「……腹減った〜っ。」

疲れた顔のシドがお腹の辺りを摩《さす》ってドカッと椅子に凭れた。

「あれ、アルファーシャも誘ったんじゃないのか。」

タバコの火を点けながらシドが訊ねた。彼女の姿が見えない事に気付いていたのだ。

「うん。眠っているから起こしてあげなきゃ。」

スカイの言葉にシドがゆっくりと立ち上がる。

「ふーん。じゃぁ、俺が行ってくらぁ。」

この辺りの家の造りは同じになっていて、皆も仲が良い事もあってお互いの家への行き来が多いのだが……アルファーの家に入るのはシドは初めてだったかも知れない。

タバコの火を消して、リビングルームのガラス戸を開けた。綺麗に片付けられている部屋に入ると……彼女がソファーで安らかな寝息を立てていた。その他愛の無さに思わずシドは笑みが零れていた。……そっと近付き、美しい金髪を撫でる。暫くそうして彼女を見て居たかった。

……はて、どーしたものか。そう思った時。

行き成りムクッ!と彼女が起きた。そして「んーっ……」少しの間ボーッとしたかと思うと、パタッ☆とそのままクッションに顔を埋めて又、直ぐに眠ってしまった。……完全に寝ぼけている。

ぷぷぷぷぷっ……シドは笑いが込み上げて来た。その内クックックッ……と、堪らず声を立てて笑い始める。何とか笑いを止めようにも、止まらなかったのだ。

「……何を笑っているのよ。」

その気配で目を覚ましてしまったアルファーは、まだ眠いのと腹が立つのとで眉間にシワを寄せていた。

「だって君……」

シドの笑いは止まらない。

「なーによ。」

急に恥かしくなる。……もしかしてヨダレを垂らして寝ていたとか、そんなのだったらどーしよう!!

「いや、可愛いなぁと思って……」

やっと笑いが収まってきたシドが、痛くなったお腹を抱えながらそう言った。カーッと顔が赤くなっていくのをアルファーは感じていた。

「なっ……何なのよ！」

照れてしまう。

「寝ぼけていたの、分からなかっただろ？」

シドの深い海の色の瞳が、恥かしがっている彼女の顔を覗き込む。

「……そうなの？」

クッションで思わず顔を隠しながら問う。

「結構、笑えたぜ。」

意地悪くそう言った彼は、チョン♪とアルファーのオデコを突っついた。

「やだ!! 私、どんな事をしていたの？」

とても慌ててしまう。

そんな二人の様子を、迎えに来た弟のシャリアが見詰めていた。……何となく声を掛けそびれてしまったのだった。何時の間に二人が仲良くなったのか、シャリアには思い当たる節が全然無くて……余りに仲の良い様子を唐突に見てしまったので、不思議に思ってしまった事も、声を掛けそびれた原因の一つであった。

もし……姉さんが……シドを好きになってしまったら、どうしよう。

そんな言葉がシャリアの頭の中を過った。

もし、そうなったら俺……太刀打ち出来ない。

シャリアは複雑な気持ちでシドを見ていた。その視線にシドが気付く。

「シャリアも君を迎えに来てくれたみたいだぜ。」

ガラス戸の向こうのシャリアを見付ける。シドは「ヨッ。」と片手を上げて見せた。少しバツが悪そうにシャリアは笑うと、「二人共、準備ができたよ。」と声を掛ける。

「……私、寝ちゃったんだ。」

アルファーが時計を見てから起き上がる。既に七時を過ぎていた。

「さぁ！　肉だ肉だ！」

シドが張り切る。

そして、三人はスカイ宅の庭へと向った。

庭でのバーベキューと言うより、それは焼肉大会の様なものだった。金網を使った炭火焼きで、タレに漬けて置いた肉を焼いて、更に好みのタレやポン酢などに付けて食べる形式だった。

「……それ何？」

シドが焼いている肉を見てアルファーは訊ねる。それは今まで見た事も無い様な肉だった。

「タン塩だよ。」

シドは、薄くスライスして塩コショウし刻み葱をのせてあるタン塩を、軽く火で炙った。そしてレモン汁に浸ける。

「……タン塩って？」

A級グルメ育ちの彼女には解らないらしい。

「まず食ってみ。」

アルファーの口元に持ってくる。

「んっ……」

彼女は少し不安だったのだが、先日のラーメンの一件もあるので、とりあえず食べてみる。……面白い食感だった。それと、独特の風味が、塩味と葱とレモンの風味にとっても合って美味しかった。

「これ美味しい♪」

「だろう。」

シドが笑う。そして、丁度イイ加減に焼けたタン塩をもう一枚、レモン汁に浸けて彼女に食べさせた。

「そのままビール飲んでみ。」

「うん。」

言われた通りに彼女はやってみる。

「うーん。うまい♪」

スゴク嬉しい顔のアルファーに、シドは満足げに「タン塩とビールはとても合うからな。」と言った。

シドは今度は自分のを食べてみる。

「かーっ!! 焼肉の時の一杯はたまらーんっ。」

実に美味しそうだった。

「アルファーシャ。タンシチューって、食った事あるかい?」

「うーん、一回あるかな……」

彼女は、諸国を回っている時に、珍しい料理の一つとして頂いた事がある事を思い出した。その時、確か……。

「……ひょっとしてコレ、牛の舌?」

ゲーッ!! 思わず想像してしまう。

「そうだよ。それを薄くスライスして塩をしたのがコレ。」

ジュウジュウとシドはタン塩を焼く。その様子をアルファーは複雑な気持ちで見ていた。

けれど……よく考えたら、牛の肉は平気で食べているのにその舌は気持ち悪いと思うのは変な事なのだ。

美味しそうな匂いを立てててタン塩がイイ具合で焼けて来ていた。

「……牛さん迷わず成仏してね。」

シドが口に運ぼうとしたタン塩を、彼女はジーッと見詰める。

「おいおい、これから食べようとする人の前でそれはないだろ。」

思わず怯んだ隙に、シドの箸からパクッ♪と、タン塩を横取りする。

「あーっ。こーらっ！」

そう言いつつもシドはとても楽しそうだった。……シャリアは、何とも言えない気持ちでその光景を見ていた。屈託の無い姉の笑顔を見るのは久しぶりの様な気がした。いや、こんなに楽しそうな姿を見るのは初めてかも知れない。胸に、何か良くは解らないが……変な感じを覚えた。シドは……こんなに優しい目をしていただろうか。その事も変な感じの原因の一つの様な気がして為らなかった。

と……突然スカイが後ろからブワッ♪とシャリアに抱き付いて来た。

「びっくりしたーっ!!」

それは良くある事だった。なのに……今回はタイミングが良すぎて何とも言えない気分になってしまって……。

「ごめんねシャリア。僕、今回はシドの味方。」

それが如何いう意味か大体見当は付いた。そのままシャリアは凍ってしまう。

……太刀打ち出来ない。そんな言葉が浮かんだ。

シドは普通の人だ。力は持っていない。だけど、彼はNo.2という多大なる名誉をルース様に頂いている。シドは強大な力を持つスカイやアレンの半分の歳も生きていない。それなのに……皆はまるで兄貴の様にシドを慕っている。

彼には何とも言えない雰囲気というか、安心感というか、ともかく……シドはとても器が大きいのだろう。だから、人を温かく包み込むような優しさを感じられるのだろう。

ベターッ♪とスカイはシャリアに引っ付いていた。それは良くある事だ。タッパはスカイの方があるのでシャリアはその腕の中に埋ってしまう。

シャリアは思わずムーッ！としてしまう。早く大きくなりたい、早く大人になりたいシャリアにとって、それは屈辱だ。

「えーい!!　うっとーしーっ!!」

何とか力尽くで引っぺがす。すると「ホント……ツレナイお人。」スカイは寂しそうな振りをしてふざける。

「ユウもする〜っ♪」

こちらも解っているのだろうか……ユウもシャリアにピタッ♪と引っ付いて来た。

「こら、ユウまで真似をする事ないだろうに。」

そう言いつつシャリアは嬉しかった。きっと、スカイとユウなりの慰め方なのだろうと理解していたからだった。

「おーい!! 肉が焼けてるぞー!!」

メインの美味しい所を焼き上げていたシドが声を掛けてくれる。

「はーい。」「肉だ肉だ。」「うまそーっ。」

お子様達は食べ盛り。早速ペコペコの胃袋へと美味しいお肉を押し込んだ。

*

サラサラのストレートの長い金髪に、エメラルドの様な美しい明るい緑の瞳。見る者全てがハッとする様な輝きと、女性なら吐息が出るほど羨むであろう美貌を、彼女は兼ね備えていた。それは、アルファーがアルファーシャ姫として公式の場に現れる時の姿だった。淡い春色のシルクのドレスに贅の限りを尽くした宝飾品の数々。しかし、それに負けない程の自然な美しさ。

全て、彼女の養父であるアロウが造り出した美しさである。髪の微妙な色も、顔の形も瞳の色も、体の線も、全て彼の好みに創りかえられている。

……私は人形以下か。

アルファーシャは青い空をヴァルコニーから見上げながらそんな事を思った。私は、任務の度に何度も顔を変えられる。もう自分の本当の顔がどの様な顔をしていたのかさえ、分からなくなっている。人形は作り手が愛情を込めて造ってくれた只一つの顔しか持っていない。それはどんなに幸せな事だろう。

「姫様、お時間ですよ。」

仮面を覆《かぶ》った男が言った。彼はアロウの影だ。今日はアルファーシャの護衛を務める。その為に顔を隠す様に仮面を覆っているのだ。

小さく彼女は溜息を漏らすと「参りましょう。」と、くるりとドレスの裾を翻してドアの方へと向かった。その美しい顔には少し緊張が感じられる。或る意味、覚悟をしているのかも知れない。

一行が長い廊下を渡り、正面玄関に差し掛かった時。突然、彼女の足が止まる。その視線の先には思いも寄らない人物が居たからだった。

——一瞬にして世界がモノクロになる。その人以外の全てのものが。

「彼」が居た。

驚くだけでは無く、不覚にも、アルファーシャは彼に見惚れてしまっていた。彼は祝いの式典用の真っ白い騎士団の制服を身に纏っていた。

「おはようございます。」

姫の御出ましにそう言ってお辞儀をした後の彼の瞳は、何かを語りかける様だった。

「おはようございます。お出迎えありがとうございます。」

丁寧に御礼を言った彼女は、彼が目の前に居るのを「私」だと認識している事に何となしに気付いた。

この人と私は……キスの感触が唇に戻ってくる。思わず彼の瞳に吸込まれそうな感覚に陥る。

いけない!! 気を引き締めなければ……

毎年、この国の建国記念式典の際には宿泊先にアレンが迎えに来てくれていたのだが、今年は如何した事だろう。何か事情があって代わりにシドが来てくれたのだろうか。

「あの、兄は……」

一応訊ねてはみる。この役目は本来アレンがしてくれていた事だ。

「アレン殿下は、ルース様の急な御用に行ってらっしゃいますので、この度は私が代わりに参りました。宜しく御伝え下さいと仰っていました。」

何時もと違って非常に丁寧なシドの言葉。

「……そうでしたか。」

少し寂しい気持ちになる。

「ごゆっくり御休み頂けましたか。」

言葉は丁寧でも、優しい口調は何時もと何ら変わらない。深い海の色の瞳はとても穏やかな優しさに満ちている。彼女は、その瞳に弱い。しかし彼女も……。

「御心遣いありがとうございます。お陰様でゆっくり休めました。」

「それは良かった。」

姫の姿の彼女はまるで別人のようだ。いや、これが彼女の本来の姿なのだ。光り輝く彼女を前に、否応無しにシドの心は大きく波打つ。

……美しい。他にどんな言葉が当てはまるだろう。彼女は、周りに居る者の全ての心を捕らえてしまう程美しい。彼女が居るだけで華やかな微笑に包まれる。彼女はコーラルの光と言われている。なのに……。どうして当の本人は何時もこんなに悲しそうな瞳をしているのだろうか。どうして、まるでこの世で独りぼっちの様な……。

彼がそう思った時、黒い大きな公用車が静かに表に止まった。

「どうぞ、こちらに……」

式典の時間が迫っている。歩き始めたその時、アルファーシャはドレスの裾に足を取られてしまった。

「あっ……」

転んでしまうと思った。だが、シドは誰よりも早く行動を取っていた。その俊敏さに護衛の者達が驚いた程だった。気付いた時には、アルファーシャは彼の腕の中に居た。

……何時もの彼の匂い。そのまま埋もれてしまいたくなりそうな。

「失礼。」

彼はそっとアルファーシャを離すと優しくその手を取った。

「あっ……すみません、ありがとうございます。」

彼女は顔が真っ赤になっていくのが分かった。胸の鼓動が一気に高鳴ってゆく。彼の大きな手が、歩き辛いドレスの彼女を優しくエスコートする。そのお陰で安心してアルファーシャは公用車に乗る事が出来た。

そんな二人の様子を、姫の護衛に当っていた仮面の男は「まるで絵画を観ているようだ」と思った。二人がそうしている所はまるで、美しい恋人同士の姿の様だった。そう感じた感覚はとても正しいものだったと、数時間後に知る事になるとは……その時は思いも寄らなかったであろう。

　公用車が静かに動き出す。車の中にはアルファーシャと彼女の侍女らしき少女と仮面の男とシドとの四人だけだった。車の中は外から見えない様に窓にカーテンが掛けられている。

「やっぱり、何時もより少し靴のヒールが高いみたい。」

　途端に、靴を脱ぐその姿は何時ものアルファーだ。

「アルファーシャ様。」

　控えめに、けれども殿下が一緒にいる事を意識して諭す様に侍女の少女が言う。束ねた三つ編みが可愛いらしい娘だ。

「メイ、大丈夫よ。知り合いだから。」

　何時もの口調だった。

　思わずシドは微笑んでしまう。何時ものアルファーを感じられてスゴク嬉しかったのだ。

「何、笑っているのよ。」

　彼女はムッと彼を見る。膨れた顔が可愛い。

「ごめんごめん。ギャップにちょっと驚いただけだよ。車に乗る前の君は、まさに大国のお姫様って感じで。正直、どーしよーかと思ったよ。でも、車に乗ったら何時もの君だったから……思わず安心して笑ってしまったんだ。」

正直にそう話したシドに、三つ編みの侍女のメイは好感を持っていた。随分と昔に、姫がお世話になった時の事もあるが。先程、アルファーシャ姫がドレスの裾に躓いた時の、誰より護衛の者よりも素早い行動といい。姫を良く思ってくれる事を何となく感じていたからだった。

「そうですよね。私達も何時も姫様には驚かされてばかりいるんですよ。」

思わず同意する。そう思ったのは彼女とシドだけでは無かった。

「全く。姫様のお転婆振りには、皆ハラハラさせられているんですよ。」

仮面の男がそう言って、着けていた仮面を静かに外す。

シドはハッ!! とする。何故なら、そこにはよく見慣れた顔があったからだった。

「何度か殿下には御会いしているのですが。……私はアロウ様の影をしていますので。何時もアレン様と姫様がお世話になって、ありがとうございます。私は瞬《しゅん》と申します。」

深々とお辞儀をした彼は、アルファーシャの〝兄君そのもの〟だった。〝アレンその人〟とも言っても良い。

「いえ、こちらこそ。私などに大切な事を仰って下さるとは、光栄です。」

彼の気持ちが何より嬉しかった。ヘタをすれば大国を揺るがしかねないような重要な秘密を、小さな小さな西の端の国の王子の自分に教えてくれた。

「御礼なんて言わなくたっていいわよ。兄様の馬鹿らしい趣味に付き合っているだけの事なんだから。それにね、瞬だって勝手に好きで仮面を外したんだから……ほっときなさいよ。」

……どうしたのだろうか？

「アルファーシャ。確かにそうなのかも知れないケドなぁ。彼にとって仮面を外すという事は、命に関わる事でもあるんだよ。」

「分かっているわよ。」

口ぶりは怒っているけれど、その瞳が恥かしそうにしている。シドには如何しても彼女の気持ちが分からなかった。

「姫様は、照れてらっしゃるんですよ。」

クスクスとメイが笑う。

「な、なにを言っているのよっ!!」

メイの言葉は当っていたらしい。彼女は偉く慌てている。

「ち、違うわよっ！　何を言っているのよっ!!」

そんな彼女に瞬も思わず笑っていた。姫様はとても解り易い性格だ。

お小さい時から彼女を知っている瞬やメイにとっては、彼女がシドに……殿下に特別な思いを寄せている事位、この少しの時間で直ぐに分かってしまっていた。彼女はその事に気付いて恥かしがってたのだ。

……瞳を見れば分かる。その瞳が全てを語っている。何を見ているか、何を考えているか、手に取るように姫様の考えている事はすぐに分かる。殿下は優しくて良い御方だ。瞬はそう思った。殿下もきっと姫様を思ってらっしゃる事だろう。姫様を見つめるその眼差しがとてもお優しい。この御方だったら……ふと、そんな事を思った。

いいや止めておこう。

姫様とメイは女の子同士キャーキャーと話の続きをしていた。もっとも、メイの思わぬ攻撃にアルファーシャが応戦しているだけの事だったのだが。そんな様子を、シドは訳が分からないままにも楽しそうに眺めていた。少しでも長くこんな時が続くように……姫君の幸せを切に願う瞬は、祈らずには居られなかった。

やがて、車は記念式典の会場へと入っていく。瞬の、天に恐らく届かない思いを乗せて……。

その日予定されていた行事は滞りなく進み、例年の様に全て無事に幕を閉じる事が出来た。

この国の国王陛下とアルファーシャの兄君・コーラルの国王陛下はとても仲が御宜しいので、今日もプライベートな夜の時間を互いの側近達を交えて一緒に過ごしていた。

そして彼女も、兄君と一緒に同席していた。二人の国王はブランデーグラスを傾けながら政治の話に華を咲かせていた。アルファーシャはにこやかにその様子を側で聞いているかの様に、その周りに居る皆達には見えた。

しかし、シドだけは広い部屋の中で遠まきにアルファーシャの心配をしていた。彼女は晩餐会の時ほとんど食事に手を付けていなかったのだ。それに何時もより、顔色が悪い様に思えたのが気に掛かっていた。

彼女が不意に立ち上がった。誰もがお手洗いに行かれるのだろうと、そう思っていた。侍女のメイが付いて行ったので心配は無いと思ったのだが、彼も立ち上がっていた。

「シド、どーした？」

隣に座っていたアレンが声を掛ける。

「ああ、ちょっとトイレ。」

そうごまかして彼女を追った。

ドアを開けて廊下に出た時。メイの「大丈夫ですか。」と言う心配そうな声が聞こえた。ドアの向こうに控えている筈の親衛隊の者の姿が見えない。何時もはドアの両側に一人ずつ立っているのだが。

すると、中庭に抜ける廊下の辺りで、アルファーシャが苦しそうに胸を押えてしゃがみ込んでいた。

「アルファーシャ！」

シドが駆け寄る。

「大丈夫か。」

彼女の目線まで降りて、顔を覗き込む。

「……気持ち悪い。酔ったみたいなの。」

彼だけに聞こえる小さな声で、そう言った美しい顔は苦しみで歪んでいた。こんな時でも姫様をしていなければならない。

シドは彼女の背中を優しく摩りながら、「動かしても平気か？」と訊ねる。「……たぶん。」

二人にはそれで通じる。

「すまないが、総司令官閣下を呼んで来てくれないか。」

姫の辛そうな御様子を心配そうに見ていた親衛隊員にシドは言う。

「やめてっ!!」

アルファーシャが突然、大きな声でそう言った。

「大丈夫ですから……」

彼女とアレンはあまり仲は良くないと気付いてはいたのだが、こんな時は何だかんだ言っても身内の者に側に居て貰った方が良いと思っての事なのだが……

「分かったよ。じゃぁ、スカイに後で診てもらおう。一応、あいつは医者だからな。」

シドは彼女をそっと抱きかかえると立ち上がる。

「姫様のお休みに為られるお部屋の方へ案内して頂けますか。」

侍女のメイに訊ねる。

「はい、お願い致します。」

親衛隊の者達に彼は、

「……ありがとう。君達は持ち場に戻ってくれ。姫様の事を聞かれたら〝お疲れになって御部屋の方へ戻られた〟と、伝えてくれ。」

そう言ってアルファーシャが今宵泊まる客室の方へと向かった。

「はっ。」

一瞬、親衛隊の者達の返事と敬礼が遅れた。彼らは、二人のその姿に思わず見惚れてしまったのだ。古く伝わる美しい女神の生まれ変わりとまで謳われた姫君と、西の国の凛々しく逞しい王子。その様子はまるで映画のワンシーンを見ているかの様だった。

恐らく……アロウ殿は全てお見通しだろう。シドには分かっていた。あの恐ろしい男は、分かっていて全て知らん顔しているのであろう。

彼は人の心の奥まで手に取るように見えてしまう力を持っている。彼女が体調を崩している事も、二人の間にあった事も……全て見通した上で、その行方を楽しんで眺めているのであろう。あの氷の様な冷たい瞳で……。

——シドの腕の中は何時も暖かくて、穏やかだ。アルファーシャは瞳を閉じて彼にその身を任せていた。シドの匂いとハーブの香り。とても落ち着く。どうして……この人は、私をこんなに優しく扱ってくれるのだろう。

ユラユラと優しい腕の中で揺れながら彼女は思う。

私は……この人にどんな形であれ抱かれた事を、一生涯誇りに思うであろう。この短い薄汚れた人生で、最後に彼に出逢えた事。私はそれだけで救われる。たとえ死んで地獄に落ちたとしても、彼との思い出だけで私は幸せになれるであろう。

「女は薔薇のようなもの。ひとたび美しく花開いたら、それは散る時。」

異国の物語に書かれていた台詞の一節だ。彼に出逢わなければ、花開く事もなく惨めな人生で終った事だろう。

——でも私は最後に彼に出逢えた。灰色の人生が一瞬にして薔薇色に変わった。

彼のお陰で私は、美しい薔薇の花の様に咲き誇り、そして、散る事が出来る。私は薔薇の花になれたのだ。

……死期が近付いている。

何となく彼女はそう感じていた。彼女のカンは当る。周りに力の大きな者達が多いせいで、その影響を知らず知らずの内に受けているのだろうか。

……今度の任務かな？　……今度こそ死ぬだろう。

覚悟はとうに出来ている。こんな日が来る事はずっと昔から分かっていた。あの恐ろしい男、アロウ・リーズ・グーリッジの養女になったその時から、自分は破滅の道へと進む事になると分かっていた。もうすぐ……その日はもうすぐやってくる。

神様……ほんの少し、もう少し時間を頂けませんか。私にはやっておかなければ為らない事があるのです。彼の為に……こんな私を大切にしてくれる、彼の為に……。

細くて折れてしまいそうなアルファーシャの体の軽い重みを、シドはその両腕に感じていた。彼女は先程より随分と落ち着いた様子に見えるので、きっと大丈夫だろう。愛しい美しい光の姫が今、自分の腕の中で安らいでいる。それは何と幸せな事だろうか……。

「あちらでございます。」

客室が並ぶドアの一つを手で示しながらメイが言った。その先にはコーラルの軍服を着た衛兵がドアの前に控えていたので、彼女に言われなくても直ぐに判ったのだが。

「姫様っ!!」

思わず衛兵の一人が駆け寄って来た。

滞在国の司政官閣下の胸に抱かれている自国の姫君の御様子に、只ならぬ事態を感じたのだった。

「お疲れになった御様子ですので。今、医師を呼びますが、先程より随分とお顔色が良くなってらっしゃるので心配はないと思います。」

「そうですか。ありがとうございます。」

アロウ陛下の親衛隊の者であろうか、ホッとした顔を見せた。

ドアが開かれてメイとアルファーシャを抱いたシドが部屋の中へと入る。広い客室は、豪華な装飾と選び抜かれた恐らく同じ作者の手になるであろう家具で統一され、非常に美しかった。シドはこの部屋に入るのは初めてだった。大きなソファーを見付けると、彼はそっとアルファーシャを寝かせる。その時にメイがクッションを枕代わりに、そっとアルファーシャの頭の下に敷いた。

「気分はどうだ？」

顔に掛かった金髪を優しく払いながら彼が問う。

「……随分いいわ。」

静かに、明るいエメラルドの瞳が開く。

「ごめんなさい。また貴方に迷惑かけたわね。」

その細い指がシドの頬にそっと触れた。今にも折れそうな指先。シドは愛しいその指先を大きな自分の手で優しく包み込む。……瞳と瞳が出逢う。

「そんな事ないさ。」

優しい彼の言葉。このまま時が止まってしまえばいいのに……。

「スカイが来たみたいだ。まだ呼んでないのにな。」

シドはスカイの気配を感じていた。スカイは中庭の渡り廊下での様子に気付いていたのだろう。そして今、自分を必要としている事を彼自身の持つ力で察知したのだろう。

「ぴんぽ〜ん♪　入るよ〜ん。」

直接頭に響く声がして、何処からとも無く目の前にスカイが現れた。それにしても、ふざけた★登場の仕方だ。

「スカイ、仕事中にごめんね。」

アルファーシャが力の無い声で言う。

「ううん、これも僕の仕事だよ。」

フワリと彼は笑う。誰もがホッとする様な笑顔だ。彼はシドと入れ替わりで彼女の側に寄って、その手を取った。それだけでスカイには彼女の体の全ての状態が分かってしまう。

「……何時もと同じ様に精神的なものだね。」

「晩餐会の時に、ほとんど食事に手をつけてなかったけど、その時から具合が悪かったのか？」

シドが近くの椅子に座りながら彼女に訊ねた。

「ご飯、食べられないの。昨日の晩からずっと……」

彼女は横になったまま頭を抱えた。

「兄様に会うと思ったら、色々、考えちゃって……何時もこうなるの。側に居る時なんかもっと駄目。逃げ出したい気分なのに、何時もニコニコしていなければならないの。情けないでしょう。今日だって、ワインを二口くらいしか飲んでいないのに気持ち悪くなっちゃって……」

皆、掛けてあげる言葉も見つからなかった。メイは思わずエプロンで目頭を押えた。余りにも、国王陛下の姫に対する態度は冷たかった。それを側で見ているメイもとても辛くなる程に。思わず〝酷い方〟だと思えてしまえてならなかった。

「今、こうしている事も兄様には分かっているのに。分かっていて、あの人は私をほうっておくのよ。そのくせに、私を決して自由にはしてくれないの。私は自分で死ぬ事さえ許されない。一体何処まで、どれ位、私を苦しめればあの人の気が済むのかしら。」

胸の奥が痛くなる。……シドは彼女の言葉の〝ある意味〟に気付いてしまった。

「……アルファーシャ。」

立ち上がり静かに側に行く。

〝私は自分で死ぬ事さえ許されない〟その言葉がシドの胸に深く、深く突き刺さる。……アルファーシャは自ら命を絶とうと……アルファーシャは自殺をしようとしたのだ。

「シド……」

スカイが彼の横顔を見て驚く。

ギュッ!! と、彼はアルファーシャを抱きしめた。

「シド?」

ポタリと暖かい雫が彼女の顔を濡らす。……彼は泣いていた。

「あっ……」

思わず顔を見上げた彼女を、彼はその腕に強引に埋めた。その腕が……震えている。

「……ごめんなさい。」

アルファーシャは慌てる。男の人が泣くのを、彼女は初めて見た。

「貴方を悲しませてしまうなんて……」

「……アルファーシャ、約束してくれ。」

震える声。

「この次、死のうと思ったら……俺に言ってくれ。付き合うよ。」

彼は本気だった。本気でそう言った。

「な、なに馬鹿な事言ってんのよ!」

腕の中でアルファーシャが怒る。

でも、彼のその言葉は嬉しかった。嬉しくて……嬉し過ぎて何時の間にか涙が頬を伝っていた。

「貴方と……貴方と一緒だったら地獄に落ちてもイイかもね。」

温かい腕の中で目を閉じる。彼なら本当に付き合ってくれるだろう。

「……地獄の一丁目ツアーってか。まず地獄の御大将と一発剣でも交えて無理やり従わせるか。」

その言葉にフッとアルファーシャは笑う。

「貴方なら楽に勝てるでしょうね。それより、閻魔大王を操っちゃうってのはどう？」

「どうやって？」

今度はシドの笑う番だった。

「私の魅力でメロメロにしちゃうのよ。」

「……なに言ってんだか。でもそれはチョット困る。」

柔らかいアルファーシャの髪を優しく撫でていた。

「あら、どーして？」

「最近気付いたんだけど、俺、結構やきもち焼きみたいなんだ。そんな事したら嫉妬に狂って、何するか分からないぜ。」

「あらそーなの。じゃあ他の手を考えないとね。」

そうアルファーシャが微笑んだ時、シドの体が一瞬ビクン!!とした。何かの気配を感じたのだろう。誰かがこの部屋に向かっている様だ。

「大丈夫、瞬よ。」

そっと、シドの体を離しながら彼女が言う。

「姫様。」

ドアの向こうに聞き慣れた声がした。彼女の言う様にやはり瞬の声だった。

「お入りなさい。」

仮面を着けた瞬が部屋に入ってくる。そして、シドやスカイが居る事に特に驚きもしないでこう言った。

「姫様をありがとうございました。」

深々と頭を下げる。

「いいえ。こちらこそ。」

シドはそう言って立ち上がった。全て彼は解っているのだ。多分この部屋に入るタイミングだって見計らっていたに違いない。……タイムリミットだ。

「シド。そろそろ戻ったほうがいいよ。」

スカイが心配する。

「そうだな。じゃぁ、中庭まで飛ばしてくれ。」

広間の直ぐ近くだ。誰かに何か聞かれた時は、酔いを醒《さ》ましていた事にすればいい。もっとも、一番聞いて欲しくない奴にはその手は通じないだろうが。

「あれーっ。非人間的な事は嫌いじゃなかった？」

スカイが悪戯っぽく笑いながら構う。

「……時と場合によるだろ。」

少しムーッとしたシドを「はいはい♪」と言いながらスカイは後ろから抱っこすると「じゃぁね。」と、アルファーシャに言う。シドは「おやすみ。」と優しく微笑んだ。

「ありがとう。おやすみなさい。」

アルファーシャも笑って微笑むと、スカイはテレポートした。が……「あっ、後でユウがお邪魔すると思うよ。」

また戻ってくる。

「ダーッ!! 俺を置いてからでもいいだろうが。それに何でお前、テレポートの時に何時も俺に抱き付いてくるんだよ。そんな事しなくたって出来るだろうがっ!」

シドは怒る。

「だってそのほうが安心なんだもん。それにこんな時じゃないとシドに抱っこ出来ないじゃないか。」

シューンとスカイは拗ねる。

「そんな風に、にーちゃんは育てた覚えはないぞっ!!」

更に怒られたが、スカイは何故か喜ぶ。

「にーちゃん大好き♪」

益々ギュッ♪とシドを抱き締めて中庭にテレポートした。

部屋に残されたアルファーシャ、メイ、瞬は大爆笑だった。

「本当に良い方達ですね。」

瞬が仮面を外す。その素顔は珍しく楽しそうな顔だった。

「ええ、本当にそうですね。」

メイが微笑む。

「いつも笑わしてくれるわ。まるでお笑いコンビみたいね。」

アルファーシャはそっと体を起こしてみた。大分気分が良くなっていた。


「何処、行っていたんだ?」

中庭でシドがタバコを吹かしていた時、アレンがやって来た。

分かっているくせに……。

「アルファーと付き合っているって本当か?」

何時になくアレンの声はキツかった。

「なぁ、何で黙っているんだ。」

詰め寄る。

「だったら、どうなんだ?」

シドがアレンの明るい青い瞳をジッと見た。アレンもシドの瞳を見返した。今まで見た事も無い様な鋭い視線。

「あの子は止めとけ。お前の手に負えるような子じゃない。」

シドはタバコを思い切り吹かす。ムカムカしてきた。

「お前の兄貴が、手に負えないような子にしてしまったんだろーが。それを、お前は何もせずに見ていただけだろう。あの子はお前ら兄弟の人形じゃない。」

本気でシドは怒っている。付き合いの長いアレンにはそれが良く分かった。……悲しくなってきた。

「……そうだよ。俺は、黙って見ていただけだよ。でも、だったらどーすりゃー良かったんだよっ!!」

最後は泣いていた。

……やっちまった。心の中でシドは思った。アレンに当ったたってしょうがないのに。少し反省する。

「男のくせに簡単に泣くな。一番大変なのはアルファーシャだろう。」

口調は荒かったが、彼はアレンの頭をグッ!!と掴むと自分の胸に押し当てた。

「全く、洒落にもなりゃしねえ。」

銜えタバコのまま彼はそう言った。……本当に参ってしまう。

「ごめんよシド……」

泣きじゃくりながらアレンは謝る。

「ばーか。なに謝ってんだよ。泣くなよ。」

今度は優しく言ってみた。

「……でも、さっきシドも泣いていたよね。」

その言葉にシドはピクッと反応する。言ってはいけない事をアレンは言ってしまった★

こいつわーっ!!

「うるせー!!」

ゴチーン!!と拳骨を喰らわした。

「いてーよー!!」

アレンは頭を抑える。

「お前が、変な事言うからだ!」

「だって……」

言いかけて止める。ギロッと、シドが睨んでいたからだ。怒らせたらメチャクチャ恐ろしい事を彼はよーく知っている。

「……いいかげん戻らなければな。」

「うん。そうだね。」

二人は中庭を後にし、ルース様とアレンの兄君がいらっしゃる御部屋へと向かった。

アレンはシドの、既に冷静に戻っている横顔を見詰めた。

……あえて茨の道を選ぶのか？　アルファーシャの為に。

彼は、ある意味シドが羨ましくなる。好きな人の為にそこまで出来る奴はそうそう居ない。自ら滅びの道を歩む事になるのかも知れないのだ。

俺ではあの子を幸せに出来なかったから……兄貴に逆らえなかったから。でも、でもシドはやるのか？　自分の地位も名誉も全てを擲《なげう》って……やるだろうな。こいつは、そういう男だ。

親衛隊の者達が扉を開く。二人は静かに部屋の中に消えていった。


「アルファー入るよ。」

ユウの直接頭に響く声。

「何処からでもどうぞ♪」

にこやかにアルファーシャは起き上がると、この可愛らしい訪問者を部屋に招き入れた。

彼女が返事をした時点で、ユウは既に目の前に現れていた。

「あのね。お粥を作ってみたの。」

その手に小さな土鍋を載せたお盆を持っていた。

「まぁ。私の為に作ってくれたのね。ありがとう。」

喜ぶアルファーシャに、ユウは益々嬉しい顔で「うん♪　食べてね。」とテーブルの上にお盆を載せた。そして土鍋の蓋を開ける。

ふわ～っと、お米の炊けたいい匂いがしてきた。アルファーシャは何だか食欲が湧いてきた様な感じがした。

「梅干と海苔の佃煮があるから、どっちでも好きなのを載せてね。」

「おいしそうね。早速頂くわね。」

その言葉に、メイが直ぐにお粥をよそってくれた。昨夜から食欲の無い姫を側で見ていてとても心配していたので、安心したのと嬉しかったのだ。

梅干をまず載せて、レンゲで潰して混ぜて食べてみる。久しぶりのご飯物の食事はとっても美味しかった。

「おいしい♪」

笑顔でユウの方を見る。

「よかった。」

ユウもニコニコだ。

「ユウはお料理、とても上手ね。」

モグモグとお粥をほおばりながらアルファーシャが言う。

「あのね。スカイ兄さんが教えてくれるの。兄さんはシドに習ったんだって。シドは兄さんの〝にーちゃん〟なんだって。」

……ややこしいな。

「スカイはシドが連れて来たって、シドが言ってたわ。私は余りよく知らないのだけど。スカイは、初め何かにとっても怯えた様だったわ。人と話をする事さえ、ここに来たばかりの時は出来ない子だったの。……それだけの事があったのでしょうね。」

ここに来るエスパー達は皆、辛い過去を背負っている。化け物呼ばわりされていた子。その力の強大さの為に、将来に絶望した両親に殺されかけた子。シャリアの様に、地獄を見た子。

「それが、何時の間にかあんな風に、ほよよーん♪になっていたのよね。きっとシドが育ててくれたから、あんなに優しい子になったんでしょうね。」

あの人は、ぶっきらぼうに見えるけど。本当は、まるで太陽の光の様に優しい光で人を包んでくれる、そんな人だ。

「うん。そうだって兄さんが言ってた。シドのお陰で元気になれたって、幸せだって言ってた。」

とっても嬉しそうなユウ。

「あのね。スカイ兄さんがシドに育てられたって言うと、皆、嘘だって言うんだよ。あのポーカーフェイスがどーやってスカイを育てられたんだって。酷いと思わない。」

そりゃー酷い言い方だ。ユウがプンプンする訳だ。

「そうねぇ。シドは一見あんな感じだから、誤解されやすいのよ。」

ユウの色素の薄い茶色の髪をアルファーシャは撫でる。妹が居たらこんな感じだろうか。弟も可愛いケド。まぁ時に、くそ生意気なガキャー!! と思う事もシバシバあるが……それも可愛いものだった。妹がこんな子だったらメチャメチャ甘々な姉になっていたかも知れないなぁ。スカイが手を焼くのも良く分かる気がした。

それにしても、先刻まで気持ち悪かった筈なのに……お粥がメチャクチャ美味しく感じる私って、とっても解り易い性格かしら?

そう思ったものの……今度は海苔の佃煮を混ぜてみようと、おかわりをメイによそって貰う彼女であった。

「ねぇ、後で温泉に行かない?」

ユウがアルファーシャの顔を覗き込む。

「まぁ、大丈夫でございますの。」

心配そうなメイの声。

「ユウがそう言っているんだから大丈夫よ。ねっ。」

アルファーシャがユウに微笑んだ。

「うん。もう大丈夫だよ。」

その笑顔に「じゃぁ、決まりね。」と、アルファーシャが微笑みを返した。

この宮殿の一角に温泉が湧いているのだ。アルファーシャは何回か使わせて貰った事がある。ゆっくり出来て気持ち良いので温泉は大好きだった。その後のビールがまた格別なのだろうケド……色々な事がある手前、出来ないんだなこれが。全く、姫様は肩がコル。ユウは窮屈ではないのだろうか。ふと、アルファーシャは心配になる。

まぁ、私が心配しても仕方が無いか。

アルファーシャは海苔のお粥を口に運ぶ。うーん、これもうまい♪　食べたら、温泉だ！

今は楽しい事を考えたかった。それはきっと、ユウも一緒だろう。


「あーっっ。いい気持ちね。」

ゆったりと、お湯の中に手足を伸ばしてアルファーシャは浸かっている。ユウはその周りを楽しそうに泳いでいた。庭園風の露天風呂に二人で貸切りだった。……スゴク贅沢な気分だ。

「生き返るわね。」

手でお湯を掬って顔に気持ち良さそうに掛ける。温泉はお肌にもとてもイイのだ。アルファーシャは空を見上げる。今日は、星空は見えないらしい。晴れた日は綺麗に星が見えるので、ここは「星見の湯」と名付けられていた。

ルース様らしい、綺麗な名前の付け方だと思う。

ふと、彼女はユウの方を見た。ユウはルース様の御寵愛を受けていると聞いていた。まだこんなに幼くて、か弱いのに……ルース様の思いを一心に一途に受け止めようと努力している。

「ユウ、いらっしゃい。背中を流してあげるわ。」

お湯から出ながらアルファーシャが言った。

「うん♪」

嬉しそうにユウは後に続く。檜で出来た腰掛にそれぞれ二人は座ると、アルファーシャはスポンジを石鹸で泡立てた。

「はい。後ろを向いてね。」

ユウを後ろに向かせて背中を優しく洗ってあげる。

「ルース様はユウに優しくしてくれる？」

とても優しい言い方だった。

「……うん。」

少し間を置いてユウが答える。

「とっても優しいよ。」

何時になく穏やかなユウの声。アルファーシャはその声にホッと安心する。

「良かったわね。」

ユウには幸せになって欲しかった。

「シドは何時もアルファーにスッゴク優しくて素敵だね。私、そーゆーのスゴーク憧れるよ。」

背中越しにとってもニコニコ♪した声。アルファーシャは嬉しかったが少し胸がチクリと痛んだ。だけど……

「そうね。彼は太陽みたいな光で私を包んでくれるわ。」

今は言うまい。

「好き？　シドの事……」

その問いに思わず、ユウの背中を洗うアルファーシャの手が止まる。

だが、今日のアルファーシャは素直に答えた。

「スキよ。」

あの人の事を思うと心が穏やかになる。暖かくなる。でも、切なくなる。

「愛しているわ。……彼には絶対言わないケドね。」

アルファーシャは苦笑する。

「言っちゃえばいいのに。」

ユウが振り向いて彼女のスポンジを手に取る。その時ユウは、指にリングが光っている事に気が付いた。

「綺麗……」

アルファーシャの瞳の色と同じエメラルドの輝き。大切な、大事そうな小さなリング。

ユウは直ぐに分かった。

「シドに貰ったの？」

「……うん。姫の姿の時はネックレスに通して着けているんだけど、プライベートの時は何時も指にしているの。今みたいにお風呂の時とかは、無くさない様に何時も指にするように習慣にしているの。」

「そーゆーのいいなぁ。」

ユウは離れていても相手を思い合う二人にとても憧れる。

……今度はユウの番だ。

「はい。後ろ向いてね。」

ユウの小さな手がアルファーシャの背中を流す。

「気持ちいいわ。」

彼女は目を瞑った。

「ユウ、私がどんなに遠くに行っても……会いに来てくれる？」

急にそんな言葉が浮かんだ。

「うん。何処でも行くよ。」

ユウは何時も無邪気だ。

「貴女は……誰よりも強くて美しい力を持っているの。私の兄様よりも……だから、誰も貴女を止める事なんて出来ないの。」

まるで暗示でもかかったかの様に……アルファーシャは続ける。

「何時か、ルース様を超えて行きなさい。貴女は、ここに居たら不幸になる。……私の様になってしまう。そんな事、貴女の愛しているルース様も望んではいないわ。貴女の永遠を探しに行くの。そこでユウ、貴女は……」

――私は何を言っているのだろう。

背中を洗うユウの手が震えていた。

「分かっているの。何となく解っていたの。私とルース様は結ばれてはいけないって……」

慌ててアルファーシャは振り向いた。

「ごめんなさい。私、時々変になる。」

「ううん。」

そう言いつつも、今にも泣きそうなユウの顔。

「それは本当なの。アルファーは未来予知の力があるって、スカイ兄さんが言っていた。

私のスイッチを押してくれるって言ってた。だから、今アルファーが言った事は……本当なの。」

　涙が混じっていた。

「ユウ……」

　そっと濡れた髪を撫でてやる。言葉が見つからなかった。だから、アルファーシャは自分の事を話してみた。

「私はもう長くないの。何となく分かる。私のカンって当るのよ。私の思いはシドに届かない。……私達って何から何まで似ているわね。」

　悲しいその言葉に、ユウが涙で一杯の顔を上げた。

「父親も母親もない。何一つ自由になる物なんてない。一番愛している人への思いは成就しない。いー事ないわね。」

　苦笑するアルファーシャにユウは「そうだね。」と、小さく答えた。

「貴女は幸せにならなきゃ駄目よ。」

　優しいアルファーシャの笑顔。ユウはコクンと頷く。

「でもね。アルファーも幸せになると思うの。」

　首を横に傾げながらユウは言う。

「アリガト……」

アルファーシャにとって嘘でもユウの言葉は嬉しかった。

「さぁ、もう一回お湯に浸かりましょうか。」

シャワーを出しながら声だけでも元気に、アルファーシャは言った。

「うん。」

ユウも元気にまねをして言う。そして二人は仲良くお風呂に入った。


湯上りに二人は、脱衣所を出た所にある休憩の出来るスペースに仲良く座って冷たい飲み物を頂いていた。揃いのお花のついた浴衣を着て。

「あ～ん。うまくアイスが食べられないよ～っ。」

ユウがクリームソーダのアイスに苦戦していた。まだアイスが硬くてうまくスプーンで掬えないのだ。

「貸してみて。」

アルファーシャが優しくユウの手からスプーンを取ると、アイスクリームに挑戦した。

……シャリアが小さい時に同じ様にしていたっけ。そんな事を思い出していた。アルファーシャは、ストローでアイスクリームをグラスの方に押し付ける様にしてから、スプーンで掬ってみた。すると上手く掬う事が出来た。

「わ～い。アルファー、すごい♪」

ユウが喜ぶ。……何とも可愛い。

「はい。」

ユウの口にアイスを持っていく。パクッ☆とユウはそれを美味しそうに食べた。

「おいし～い♡」

ニコニコご満悦だ。

「良かったわね。」

そう言って微笑んだ時。アルファーシャは他の人の気配を感じる。この城に使われている者ではなく、只ならぬ力を持つ者の呼吸だ。……騎士か。

「あーっ!! シドだ～っ!!」

男湯の方から人が出て来た。ユウが立ち上がって駆け寄る。

「えっ……」

こんな所に彼が居る筈が……そうアルファーシャが思った時、ピタッ!とユウの動きが止まった。

「シドと違う。」

首を傾げる。

その可愛らしさに、その人物もアルファーシャも思わず笑ってしまう。

確かにその人はシドに良く似ていた。姿・形は見間違える程にそっくりだった。だが彼の髪は、シドの栗色の柔らかいウェーブの少し掛かった髪と違って、真直ぐなストレートの黒髪だった。そして背もシドより少し低く感じられた。

この世界の人間は大体二十歳前後で成長が止まり、そのまま寿命が訪れるまでその姿を変えることは無い。中には姿が老いていく者もいるが、身体の再生医療が進んでいるので若返りの手術を受ける事が多い。彼も例外では無く、やはり若いままの姿で初老を迎えていた。

アルファーシャはドキリとした。しかし彼女は、やはりどんな時でも自分が大国の姫であるという自覚を忘れてはいなかった。

「ユウ、その方は司政官閣下の御父様ですよ。」

アルファーシャは立ち上がると優しくそう言って、その人物にお辞儀をした。以前、何度か御会いした事があったので直ぐに分かったのだ。晩餐会の時にも席が離れていたのだが御出席されていた。

「これはこれは……こんな所でコーラルの光と謳われておられる姫様にお会い出来るとは。」

西の国王は丁寧にお辞儀を返して下さった。

「シドのおとー様なのね。」

ユウはとても無邪気だ。国王陛下は、そんなユウの頭を優しく撫でると「そうですよ。」

と、答えられた。

「おとー様もシドと同じで優しい。」

ユウはスゴク嬉しそうだ。

「そうですか。ありがとう。」

優しいその微笑みも彼と変わらない。

「この可愛らしい姫様はもしや、ルース殿の……」

陛下はアルファーシャに訊ねられた。

「そうですわ。ユウ、国王陛下に御挨拶を為さいね。」

「はーい。」

大変いいお返事だ。

「ユウと申します。」

ちょこんと頭を下げてドレスの様に浴衣の両裾を摘んだ。すると陛下は、

「どうも初めまして姫様。」

丁寧に胸の所に片手を置いて、ユウに合わせて紳士の様にお辞儀をして下さった。

「美しいお嬢様方、御一緒して宜しいでしょうか？」

息子のシドと同様にとてもノリの良い方だ。

「よきにはからえ。」

ユウが調子に乗ってそう言う。

「まぁ、ユウったら陛下に失礼ですよ。」

そう言いつつもアルファーシャは微笑んでいた。

「だって、よくルース様が仰るから。一度、真似をしてみたかったの。」

ペロッと舌を出したユウはやっぱり可愛い。

「はっはっはっ……これは面白い姫様ですな。」

陛下も声を立てて笑ってらっしゃった。

「どうぞ。こちらの方へいらっしゃって下さい。ユウ、お連れしてね。」

アルファーシャがそう言うと「はーい♪」と、嬉しそうに国王の大きな手を引いた。国王陛下は可愛らしいお誘いをニコニコしながら受けた。

テーブルを挟んで、アルファーシャの座っていた向かい側に西の国の国王は腰掛けた。その隣にチョコンとユウが座る。国王陛下と手を繋いだままだ。……どうやら早くもユウに懐かれてしまったらしい。

「まぁ。困った子ね。陛下、この子はまだ生まれて三年しか経っていませんのよ。どうかお許し下さいね。」

そう言いつつも、アルファーシャはにこやかに微笑んでいる。ユウが可愛くてしょうがない様子だ。

「いや、私も構いませんよ。何とも可愛らしい姫様ですね。」

国王とアルファーシャの言う事に、ユウは少し首を傾げてから「ありがとうございます。」と答えた。誉め言葉と受け止めたらしい。

「陛下。お飲み物などいかがでしょうか？」

先程ユウやアルファーシャに飲み物を用意してくれた侍女が伺いに来た。

「では、ビールがあったらお願いします。」

……やはりシドに似ている。

「はい。少々お待ち下さいませ。」

丁寧にお辞儀をして下がる侍女の姿を見送って、国王陛下は話し出された。

「時に……アルファーシャ様はルース様の騎士団に居られると噂に聞いておりますが。その……家のボンクラ息子の評判は如何なるものでしょうか。」

彼も王とはいえ、人として一人の父親だ。

「どうか正直に仰って下さいませんか。」

息子の事がやはり心配なのであろう。

「皆に大変親しまれていますよ。仕事の上でも……私はよく分からないのですが、大変優秀な司政官だと評判も宜しい様です。何より、部下思いの上司だと。閣下の下で働いている者は皆、閣下を尊敬しておりますよ。」

それはお世辞ではなく紛れも無い事実だ。

「シドは優しいよ。困っている人が居たら何時も助けてくれるの。」

……この御二方は嘘を言える方々ではない。本当の事を仰っている。国王にはそれが良く解って非常に嬉しかった。

「……そうですか。それは良かった。何せ田舎育ちなもので……心配していたのですよ。」

国王陛下の御顔に安堵の表情が窺えた。

「私も元々は山の中育ちなものですから……司政官閣下よりも、ずっと田舎育ちですわ。」

アルファーシャは、十二歳まで育ててくれた爺と、身を守る為に二人で山の中でひっそりと暮らしていたのだった。

「私も赤い星で生まれて、ここに来るまでは山の中に住んでいたの。だから皆おんなじだよ。」

ユウも、人里を離れた所で身を隠していた時期があったのだ。

「そうでしたか。」

国王が安心された時、グラスに注がれたビールが運ばれて来た。

「ありがとう。」

侍女に礼を言うと、彼はビールを口に運んで美味しそうに音を立てて飲み「いやーっ。風呂上りの一杯は堪りませんなぁ。」と言い為さった。

アルファーシャとユウは思わず笑ってしまう。シドも同じ様な事をよく言うからだった。

「シドとおとー様、おんなじね。」

「そうね。」

「確か、お家のお庭で焼肉をした時だよね。シド、〝焼肉の時の一杯はたまらーん〟って言ってたよ。」

ユウが思い出した。

「そうだったわね。」

「あの時、タン塩を生まれて初めて頂いたのよね。」

アルファーシャが思い出し笑いをする。それに釣られてユウも微笑んだ。

「そう、シドが教えてくれたんだよね。シドって美味しい物を沢山知っているよね♪」

楽しそうな二人の姫を優しい眼差しで見詰めながら、国王は自分の息子は如何やら楽しくやっているらしいと安心された。その時、一瞬アルファーシャに緊張が走った。国王もその様子で何かに気付かれた様だった。

「心配ありませんよ。ちょっと、うるさい護衛の者の目を抜け出してきたもので……探しに来たのでしょう。」

中々お茶目♪な方だ。

そこへ「陛下。こちらにいらっしゃったんですか。」息せき切らして、西の国の親衛隊の制服を着た男達が走って来た。突然居なくなった国王を心配して慌てて探し回っていたのだろう。

「いやいや、すまなかった。」

全く人の悪い国王陛下だ！

「こちらは……」

同席していた姫達を見て男達は驚く。

「コーラルの光の姫様とユウ姫様で在らせられますか。」

思わずどよめきが上がり、一同はその場に跪く。

「どうか御顔を上げて下さい。今、国王陛下とお話をしていたのですよ。御互いプライベートで楽しんでいますので、堅苦しい事は止めて下さい。」

とは言われたものの、光輝く姫君様達を目の前に彼らは、全く如何していいものか判断が付かなかった。

「さて、見つかってしまった事ですし。退散しますか。」

国王陛下が悪戯っぽくそう仰って立ち上がった。

「お嬢様方、また何時かデートしましょう。」

ニッコリとウインク☆する。

「ぜひ、お誘いくださいね。」

アルファーシャは微笑みながら答える。

「また遊んでね。」

ユウがニコニコする。

「では……」

国王は供の者を引き連れて帰って行かれた。

「ばいばーい。」

ユウが手を振る。すると振り返り、この可愛らしい姫君に手を振って下さった。アルファーシャはお辞儀をする。その時、彼女の膝の上で揃えた左手の薬指にリングが光ったのを国王は見逃さなかった。左手の薬指だった。

「はて？」と、思いながらもお辞儀を返される。

大国の姫にしては随分とシンプルで石の小さいリングだと思った。余り飾り物の好きな方では無い筈なのだが……妙に気になってしまった。

「とっても優しいおとー様だね。」

ユウがぴょんぴょん♪と跳ねながら言う。

「そうね。シドが羨ましいわね。」

「……うん。」

アルファーシャもユウも父親がいない。

「お父さんって、皆あんな風に温かいのかしらね。」

そっとアルファーシャはユウの手を握った。

「うん。きっとそうだよ。」

ギュッとユウはその手を握り返した。

「ねぇアルファー。」

綺麗な赤い瞳が笑い掛ける。

「なぁに？」

微笑んで見せた。

「私とアルファーって似てるね。兄弟みたいね。」

アルファーシャは思わずユウの頭を撫でる。可愛かったからだ。

「ユウ、女の子同士の兄弟は姉妹と言うのよ。」

「……しまい？」

そう言ってユウは首を傾げる。

「うん、そうよ。姉妹。」

「じゃぁアルファーと私は姉妹ね。」

繋いだ手をブンブン振り回して喜ぶユウ。

「そうね。」

笑いながらアルファーシャは、もの凄い組み合わせの姉妹だなぁと心の中で苦笑した。

「ユウ、アイスが溶けちゃうわよ。早く食べましょう。」

ユウの好物の事をすっかり忘れていた。グラスの中でアイスクリームが溶けかけている。

「あーっ!! そうだった。」

慌ててテーブルに駆け寄る。アルファーシャはユウのそんな様子に何時も微笑んでしまう。

……不思議な子ね。誰もを思わずふんわりとした気持ちにさせてくれる。

そんなユウが彼女は大好きだった。ユウは直ぐにアイスをほおばった。アルファーシャはその隣に座り、林檎ジュースを口に運ぶ。そして思う。

ユウの行く末を……。


「どうする気だよ。」

本当はアレンには分かっていた。シドが考えている事は……

あの後、二人はシドの家で飲み直していた。

「考えていない訳でもないさ。」

タバコを吹かしながら彼は言った。

そしてアレンの瞳を見る。

「それより、いいのか?……お前の気持ちはいいのか。」

思いやりの溢れたシドのその言葉。

……やっぱりバレていた。……適わないな。

「俺なんかが、どうこう言う事じゃないけどな。」

彼は大人だ。それとも余裕で言っているのか。……いいやそんな奴じゃない。アレンにはよーく分かっている。本当に心配してくれているのだ。

「俺はもう既に振られちまってるから……だから、せめてあの子の幸せを思ってやりたいんだ。俺はあの子を苦しめる事しか出来なかったから。」

アレンの青い目がとても悲しそうだった。

「……すまん。」

シドは謝る。アレンが彼女を思っている事は知っていた。付き合いが長いから、嫌でも直ぐに分かってしまうのだ。

「お前が謝ることじゃないよ。それより、これからの事が大変なんじゃないのかな?」

水割りのウイスキーを口に運ぶ。

「構わないさ。」

意外な事をシドは言う。投げやりになっているのだろうか。

「俺一人居なくなったってどーこーなる国じゃないさ。そんな国はどーしょーも無い国だろ。そんな政治をして来たつもりもない。それに……」タバコを灰皿に押し付ける。「女の子一人、幸せに出来なくて何が次期国王だ。」火を消す。

人の上に立つ者は、時に一人の人間の命よりも百人の命を守る為に決断を下さなければ成らない事もあるだろう。だが……アレンは思う。彼はどちらも見捨てずに、最善の方法を考えて行動をするだろう。たとえその代償として自らの命を捨てることになるかも知れないと解っていても。フッとアレンは笑う。

「お前のそーゆー所、好きだぜ。」

「男に好かれたって気持ちわりーだけだよ。」

シドはカッとグラスのウイスキーを飲み干す。照れているのだ。

「加勢するぜ。あの兄貴相手に喧嘩を売ろうなんておもしれーじゃん。」

それはとても恐ろしい事である事はアレンはよく知っていた。しかし、もう我慢がならなかった。アルファーシャに対しての、自分の双子の兄の仕打ちの惨さには……。

「サンキュー。」

シドはニッと笑った。

加勢などして貰うつもりは無かったが、アレンの気持ちがシドには殊の外嬉しかった。生まれて初めて兄に逆らうと言ったのだから……。

「まぁ、飲みなよ。」

アレンはシドのグラスに酒を注ぐ。シドはアルファーシャの為なら全てを捨ててもいいと思っている。アレンはその事に気付いていた。

……そんな事、させるもんか。

密かに彼は心に決めていた。愛しのアルファーシャとこの大切な親友の為に。


今日はユウとお茶の約束をしていた。

朝からイソイソとお土産のお菓子を作ったり、アルファーシャはとても楽しみにしていた。

「姉さん。そろそろ行った方がいいんじゃない。」

弟のシャリアが時計を見てそう言った。今日、シャリアはお休みなのだ。アルファーシャは何時も多忙で家を空けることが多いので、自分が休暇中の時には弟の休みの日はなるべく側に居てあげたかったのだが……当のシャリアが「行ってくれ」と頼んで来たので、約束を承知したのだった。シャリアとユウは一番年が近いという事で〔それでも十歳以上も離れているのだが……〕とにかく仲が良かった。シャリアは、近頃特にユウの何か悲しんでいる様子を心配し可愛そうに思っていた。姉と仲が良い事も良く知っていたので、二人で女同士お喋りでも楽しんで貰えたらと思った。女同士なら男の自分に言えない事も相談し合えるのではないかと考えていたのだ。

「いいわよ。飛ばして。」

アルファーシャは珍しく姫の姿のままだった。公には、建国記念の式典の後コーラルの国に帰った事になっているのだが、実はアルファーとしての次の任務への待機中だった。この前一応、姫が密かに修行を兼ねて留学中という噂の通り、騎士団の制服を身に纏い。この前ルース様に頂いたサークレットを額に着けた。

……綺麗だ。シャリアは思った。

姉は何時も美しい。けれども彼は姫の姿のアルファーシャが一番好きだった。ストレートの金髪とエメラルドの瞳がとても好きだった。

「じゃぁ、飛ばすよ。」

少し照れた彼が言う。

「お願い。」

アルファーシャはそんな彼の気持ちには気付かない。テーブルの上に置いておいた、ユウへのおみやげのフルーツケーキの入った紙袋を手にして準備をしていた。一瞬、アルファーシャの目の前が歪んだ。

「えっ!?」

彼女は次の瞬間ガクーッとする。意味ないじゃーん!!

「この姿で行くのは色々と面倒だから、宮殿の中に飛ばしてよ。」とシャリアに頼んだ筈だ。……あちゃーっ!!

　確かにそこは宮殿の中だったのだが。一番人の出入りの激しい玄関のホールの所だった。あのアンポンタン!!　シャリアの何処か抜けているところを怨んでも、もう既に遅し。……来てしまったものは仕方ない。

　アルファーシャは普通人を装って足早に廊下の方に向かった。辺りが彼女に気付いてザワザワし出したのを無視して歩く。その胸中は……気が気ではなかった。たとえ気付いても出来ればホットイテ欲しかった。

が……「コーラルの姫様ではございませんか。」

げーっっ!!

　その声にはスゴーク聞き覚えがあった。今日の運勢、最悪なんじゃないかしら……そう思いつつも、そちらの方に振り返った時には極上の笑顔☆だった。

「まぁ。イオタの大統領閣下の御子息の、ピエール様ではありませんか。」

　この人ニガテ。だって、しつこいんだよね。以前お見合いの申し出が兄様を通じてあってお断りしたんだけど〔と言うより、兄様が〃辺境の地の大統領の息子ごときに姫をやれるかー!!〃って、怒りまくって断ったんだけど〕、その後も何かにつけて手紙だの贈り物だの……

「この様な所でお目にかかれて光栄です。」

サッと、彼はアルファーシャの手を取って口付ける。げげげのげーっ!! いちばーん嫌なのはヤタラ直ぐに触ってくるんだよね、この人。

そうしている内に、その周りに人集《ひとだか》りが出来る。

「いゃーっ。この国に御留学為さっているとは噂には聞いていたのですが。まさか本当だったとは……どうか、今度お食事でも御一緒にいかがですか。」

ヒェーッ!! まっぴらゴメンだ!!

やんわりと逃げようと、何とか言葉を考えていた時。

「何事だっ!!」

その声に、ザワザワしていたホールが一瞬にしてシーンと静まり返る。

「陛下のお膝元で、一体何の騒ぎだ。」

この国の総司令官閣下だった。

助かったーっ!……この際、背に腹は代えられない。

「兄様っ!!」

こんな時だけーっ。

アルファーシャは嫌な男の手を振り払って、アレンに飛び付く。フワッとアレンの胸にアルファーシャの柔らかい感触といい匂いが伝わる。……こんな事は何年ぶりであろうか。

思わず抱き締めてしまう。

「兄様、怖かった。」

ギュッとアルファーシャもアレンに抱き付いた。

「宮殿に参っていたのか。伝えてくれたなら迎えに行ったのだが。」

そして、周りの皆に言う。

「すまないが。姫は人見知りが激しいので、こちらに慣れるまで少し時間が掛かるであろう。それまでどうか、見かけても今日の様に騒がずにそっとしておいてはくれまいか。」

先程とは違い、優しい総司令官閣下の御言葉に、皆は反省をする。

「すみません。私が悪かったのでございます。姫様に御会い出来て、とても嬉しく思いましたもので……」

ピエールはシュンとする。根は良い人なのだ。田舎育ちで余り悪い人はいない。でも……嫌いなのよ、この人。田舎はスキヨ。私もド田舎育ちだし。辺境の国もスゴク好きよ。でもね、この人は嫌なのよ。

「いや、気に為さらないでくれ。姫も少し驚いてしまっただけなのだから……」

気にしろーっ!!

「それでは、姫に約束がある様なので失礼する。」

ピエールの方を見てアレンはそう言うと、アルファーシャの肩を抱いて歩きだした。それは端から見ると本当に仲の良い兄妹の様に思えた。

ホールを抜けて廊下に差し掛かった時、「大変な人に捕まっちゃったみたいだね。」小さな声でアレンは言った。その言葉にアルファーシャは少しムーッとしたが、助けてもらった手前、「参ったわ。」と、素直に答えた。

「あの人、悪い人じゃないいんだろうケド、すぐに触ってくるのよ。めちゃムカつく。」

「俺も嫌だな、あーゆーの。」

アルファーシャとまともに話したのは何年ぶりだろうか。アレンは少し嬉しかった。

「助かったわ。だからこの格好は嫌なのよね。」

サラッとお礼を言った。

「仕方ないさ。でも、それが本当の君の姿だからね。」

アレンにはその事が良く分かっていた。アルファーシャの本当の美しさを……辛い位に。

しかし……アルファーシャは彼の言った言葉に酷く敏感に反応していた。

「私の本当の姿なんて、ここ何年も見ていないから分からないわよ。」

「えっ……」

アレンの足が止まる。

「何、言っているんだよ。今の姿が本当の姿じゃないか。」

「違うわ。」

アルファーシャが、アレンの腕を抜け出して先を歩く。もう随分と城の中まで入って来たので人目を気にする事は無い。彼はそれを追う。

「本当の姿がこんな綺麗な訳ないでしょ。兄様の趣味の顔なのよ、これは……」

……そんな事ない。でも、そう教えられているのか?

「本当の君も綺麗だよ。それは嘘じゃないさ。」

ならばせめて……。

「何、言ってんのよ。」

心遣いは嬉しかった。だが、直ぐに会話が途切れる。アレンはもう少し彼女と話したかった。最後には何時も噛み付かれるので、結局喧嘩になる事は分かっていたのだが……それでも、もう少し話したかった。

「そのサークレット、気に入ったみたいだね。」

アルファーシャの額の飾りの事を話し出した。とにかく何でもいいから話題が欲しかった。

「アクセサリーの類はあんまり好きじゃないんだけど、これは綺麗だったから……何時もルース様は任務が終る度に何か下さるのはあり難いのだけど、ゴテゴテの物をプレゼントして下さるのよね。でも、これはシンプルで素敵だったから。何時も頂いても一回しか着けないから悪いと思っていたから。だからこれは着ける事にしたのよ。」

「良かった。実はルース様も心配していたんだよ。アルファーシャは何時も贈り物を一度しか着けてくれないから、自分の趣味が悪いのではないかと。」

そんな事は無い。頂いた品はどれも皆立派で、皇族や貴族のお嬢様なら飛び上がって喜ぶような品物だ。ただ……

「趣味が悪いのではなくて、合わないのよ。」

キッパリ、はっきりと言うアルファーシャに、思わずアレンは笑ってしまう。

「そーだね。君はゴテゴテした物は嫌いだものね。」

「そうなのよね。どーも嫌なのよ。けど、このサークレットは私の趣味にわざわざ合わせて下さったみたいね。」

彼女は額の飾りをその細い指先で触ってみる。

「実は、ルース様に聞かれたんだ。アルファーシャはどんな物を好むのかって。その時、偶々シドが御用で呼ばれていて一緒に居たんだ。それで、シドはシンプルな物がいいのではないかって言ってくれたんだ。」

「ふーん。」

興味が無さそうに彼女は言った。けれど、本当はシドが自分の趣味を良く分かってくれていた事がとても嬉しく思われた。

「シドといえば……」

言い難そうにアレンが言い掛ける。

「シドと付き合っているって本当かい？」

……分かっているくせに。

ピタッ！とアルファーシャの足が止まった。薔薇園へ続く庭の渡り廊下に差し掛かった所だった。

「関係ないでしょ。」

何時もムカムカしてくる。

「……それは、そうかもしれないけど、もし本気で彼を好きなんだったら応援するよ。」

アレンを見てるとイライラしてくる。

「もし彼と一緒になりたいと思っているのだったら、兄貴には俺から頼んでみるよ。だから……わっ!!」

おみやげの紙袋をアレンに投げつけていた。

「今さら余計な事しないでちょーだいっ!!」

爆発する。

「何を馬鹿な事を言っているのよ!!」

アルファーシャは体を震わせて怒る。

「あんたって最低ね!!」

青い瞳を睨みつける。

「自分のお手つきを親友にやるって言うのっ!!」

彼女は涙を流していた。

「あんた達双子は私をさんざん弄んで、要らなくなったらお払い箱!!」

何も反論出来なかった。

「用済みになったらさっさと嫁に行けっていうのっ!!」

泣き叫ぶアルファーシャ。今まで胸の中でずっと独りで我慢していた事、ジッと耐え続けてきた感情。それが全て、もの凄い勢いで溢れ出て来るのが自分でも分かっていた。分かっていたが、止まらなかった。アレンが枷を外してしまったのだ。思いがけない言葉で……。

「あんたなんかっ」

そう言いかけてアルファーシャはハッ!! とする。

他の人の気配を感じたからだ。そして、みるみるその顔色が変わっていく。

「シド……」

声が震える。驚いて、アレンは彼女の目線の先を見た。

シドは吹かしていたタバコを携帯用のアッシュトレーに入れる。その様子は何時もと何ら変わりない様に見えた。だがアレンは気付いていた。その手が怒りで震えていた事を。

「立ち聞きするつもりはなかった。それは謝る。しかしなぁ。」

行き成り、彼はアレンの胸倉に掴みかかった。

「歯をくいしばれっ!!　この大馬鹿ヤローッ!!」

次の瞬間、鈍い音が渡り廊下に響く。アレンの体が吹っ飛んだ。

「いやぁぁぁーっっ!!」

……知られてしまった。

アルファーシャにはアレンとシドのやり取りなど目に入っていなかった。……シドに知られてしまった。その事が頭の中を駆け巡る。

忌まわしい、忌まわしい過去を……シドに知られてしまった。

その叫び声を聞いて、シドはアルファーシャに駆け寄る。只ならない彼女の様子に気付いたからだ。

「いやっ!!」

逃げ出していた。涙を流しながら、アルファーシャは夢中で走っていた。……知られてしまった。……ショックだった。彼にだけは、彼にだけは知られたくなかった。

――シドにだけは絶対に知られたくなかった。

あれは……あれは彼女が十七歳になったばかりの時の事だった。その頃は、まだアレンとも仲が良くて、彼を「兄さん。」と呼んでいた。彼もアルファーシャをとても可愛がっていて、見るからに仲の良い兄妹という感じだった。実際、アレンは彼女にとても優しかった。そしてアルファーシャも彼を本当の兄の様に慕っていた。あの忌まわしい事件の前までは……

「待てよ!!」

シドが追いかける。……ちくしょー、運動不足が祟る。

彼女はとても速かった。本気で走って、やっと薔薇園の辺りで追い付く。逃げるアルファーシャの腕を思い切り掴み、動きを止める。

「離して!!」

彼女は激しく振りほどこうとする。

「ほっといてっ!!　おねがいっ!!」

涙が止まらない。……一体、一体どんな顔をして貴方を見ればいいのよ!!

「馬鹿、ほっとけるかっ!!」

暴れる体を無理やり抱きしめる。

「いやっ!!」

どんな事をしても離さない。彼の腕の力の強さがアルファーシャを益々泣かせてしまう。

……誰よりも早く貴方に巡り逢いたかった。

……貴方の為だけに生まれて来たかった。

あんな出逢い方をしたくなかった。こんな汚れた私で居たくなかった。

貴方に相応しく生きて来たかった。

「同情だったらほっといてよ!! 惨めなだけよ……」

こんな時までも憎まれ口を叩く。そうでもしなければ独りぼっちで全てを背負って強く生きてはいけない。

「悪いか。君の事が大事だから、ほっとけないし同情もする。それはいけない事か。」

彼の声は包み込む様に優しかった。

もう……突っ張れなかった。

「……めんなさい……」

アルファーシャの声が震える。

「ごめんなさい……」

体が震える。

私は貴方に相応しくない。「ごめんね……」涙が止まらない。私は貴方に釣合う人間じゃないから……

「……ごめんね。」もっと早く巡り逢いたかった。

「ごめ……」

唇を塞がれる。

彼の優しいキスで……彼のキスが好き。……彼が好き。彼の優しさに包まれてゆく。……

……もう少しだけ、もう少しだけ甘えていたい。許されるのなら……

薔薇園の甘い花の香りが二人を優しく取巻いていた。

「薔薇は美しく咲いたらあとは散るだけ……」

誰かが言っていた。

それでも、このほんの一時の時間を誇る様に薔薇は美しく咲くのである。誰にもその美しさを咎める事は出来ない。

シドはアルファーシャをその胸に強く抱き寄せながらこう言った。

「君の強く誇り高く生きてきた心は、どんな事があってもどんな奴にも汚される事はない。」と。

雨に打たれ、強い風に吹かれても咲き誇る薔薇の様に……強く美しく。たとえ、心無い者達に花が咲く前にその枝を折られても……次の年には負けずに必ず薔薇は蕾を付ける。

それを誰にも止める権利は無い。

事件は、雪の降る夜に起こった。
その日――。兄君で在らせられる国王陛下は、海外訪問の為に主だった護衛の者を連れて留守にしていた。アレンとアルファーシャは仲良く留守番をしていた。お兄さん子の彼女が、寂しがって中々寝付けなくて……彼は膝枕をして側にいてあげた。それはアレンにとって、とても幸せな時間だった。

しかし……同時に切ない苦しい時間でもあった。

彼はアルファーシャを一度も、一度も妹と思った事は無かったのだ。表面上は、気持ちを悟られない様に良い兄でありたいと思っていたのだが。それは、非常に辛い事であったが……彼女と一緒に居られればそれで良いと、自分の気持ちは絶対に言うまいと心に誓っていた。

けれどその日、彼女を思う気持ちに歯止めが利《き》かなくなってしまった。

アレンは、安らかに自分の膝の上で眠りについた無防備な彼女を自分の物にしてしまった。目を覚まして驚いた彼女を、無理やり自分の思うが侭にしてしまった。

……後で悔やんでも悔やみきれなかった。

今思うと、それがキッカケだったのかも知れない。彼女が自分自身を傷付ける様な事ばかりするようになったのは……。

アレンは目を閉じた。大理石の冷たい床の感触が背中越しに伝わってくる。シドに殴られて、そのまま転がっていた。

どれだけの時間そうしていたか分からなかった。頭の中が混乱して、考えても考えても、自分は一体どうしたらいいのか分からなかった。

シドに……見限られたかな。

ツーッと涙が頬を伝う。……情けないなぁ。男のくせに。大事な女の子を裏切って、大事な親友まで傷付けて……。

「俺ってサイテーだな。」

ふと、そんな事を呟いてみる。

カツカツ……聞きなれた靴音がする。靴音はアレンに近付くとピタッとその横で止まった。

「……なーに何時までそうやってんだよ。うっとーしー奴だなぁ。」

何ら変わらない口調のシドに、アレンは又、涙が出て来た。両手の甲で顔を覆う。……もう止まらなかった。

「なーに泣いてるんだよ。」

シドは隣にドカッ‼と胡坐をかいて座った。

「シド……ごめん。」

やっと、それだけ言う事が出来た。

「ばーか。仕方無いだろ。……済んでしまった事だ。」

クシャッとシドはアレンの頭を撫でた。

「ずっと、苦しんでいたんだろう。」

彼にはアレンのアルファーシャへの気持ちが分かっていたのだ。痛いほどに……。

二人に何があったのかは今日まで分からなかったが、ずっと、彼女の事で苦しんでいるという事は分かっていた。分かっていたから、責める事が出来ないのだ。……そうでなければ腸が煮え繰り返っていた事だろう。

「ごめんよ。」

アレンは心からそう謝った。

「……俺だって、お前の気持ちを知っていたのに彼女を諦められなかったからな。本当なら、お前を応援してやるのが筋だろうが。」

彼女は余りにも輝いていて……けれども、余りにも悲しそうだったから。

言うまい。言い訳にしかならないだろう。

そんな俺と同じように、こいつも彼女を思って来たのだろう。それだけの事だ。……気持ちは一緒なのだ。それがたとえ歪んだ形に表れても、純粋に彼女を思う気持ちに何ら変わりはない。

「……アルファーシャは?」

アレンが一番気になっていた事だった。

「今はユウの所だ。大丈夫だ。」

「……そうか。」

……シドは大人だな。自分よりもずっと年下の男にそう思うのは、かなりシャクだったが本当の事なのでしょうがない。シドなら、きっとアルファーシャを幸せにしてくれるに違いない。口が裂けても本人には言わないが……アレンはそう思った。

涙を拭いて、彼は起き上がった。そして、側に落ちている紙袋をユウの所に飛ばした。アルファーシャが彼にぶつけたお土産の紙袋だった。

いい加減、仕事に戻らなければ為らないだろう。

どんな事があっても、やらなければ為らない事はキチンとするのが大人だ。彼は立ち上がる。それを見て、シドも少し安心した様子で腰を上げた。

そして……それぞれの仕事へと向かった。


「あっシャリア？　……俺だ。」

シドはケータイでアルファーシャの弟・シャリアに連絡を入れた。

「ごめん。今日、お前の姉貴借りるぞ。」

シャリアの休みの日は何時も、姉のアルファーシャはなるべく側にいてやるようにしているから……シャリアはきっと何時もの様に夕食の支度をして待っていたに違いない。

「何だよそれっ!!」

電話越しに怒鳴り声が聞こえる。

「ごめん。後でちゃんと話すから……」

電話を切る。直ぐに留守番モードに切り替える。そして、アルファーシャの待つユウの部屋へと向かった。

……彼は心にある決心をしていた。

「アルファーシャの様子はどうだい?」

部屋の中に招き入れたユウは、彼の質問に「んーっ」と首を傾げる。

「落ち着いているんだけど……今日はあんまり話さなかったの。何か、ボーッとしているから。側に居てあげる事ぐらいしか出来なくて。無理に話すのも何か変だから……そっとしておいた。」

彼女に何が起こったのか、ユウには解っている。この城の中で起こっている事ぐらいユウには何でも解ってしまうのだった。ユウもとても大きな力を持っているのだから。けれども、あえてユウは知らないフリをアルファーシャにしていた。……その方が親切な時もあるだろう。

部屋の奥に行くと、ヴァルコニーの椅子に凭れてボーッとしているアルファーシャの姿が見えた。

「アルファーシャ。帰ろうか。」

近付いて声を掛ける。

「……シド、来てたの。ごめん、気付かなかった。」

その時、彼女の胸ポケットのケータイのベルが鳴った。

彼女は携帯電話を取り出すと着信の表示を見た。シャリアからだった。出ようとして通信ボタンを押そうとしたその時、シドがその手から電話を奪った。

「あっ……」

驚いて思わず声を出した時、彼は既に電話を留守番モードに切り替えていた。

「シド……」

どうしてそんな事をするのか彼女には解らなかった。

「シャリアには俺が連絡を入れておいたから大丈夫だよ。」

「でも……」

何故、切っちゃわなきゃならなかったのだろう。

「後で、シャリアにはキチンと話すから……」

真直ぐな深い青い海の瞳。よく分からないけれど……何か考えがあるのだろうか？

「分かったわ。」

納得はしていないが、アルファーシャはシドを信じた。

「行こうか。」

シドに差し伸べられた手をそっと取る。その時。

……頭に直接響く声。

アルファー・E・デイケンス　明日　三、丸々時ニ　出発セヨ。

目的地、及ビ集合場所ハ　追ッテ連絡スル。

次の任務への指令だった。

「了解。」

気付かれない小さな声で彼女は言う。

そして、何事も無かったかの様に立ち上がる。……しかし。

「……どうした？」

何時の間にか思わずシドの手をギュッと握っていた。

「ごめんなさい。何でもないの。」

心配させない様に笑って見せた。

「行こうか。」

その手を、今度は彼が少し強く握り返してそのまま引いた。

手を繋いだまま彼は、ユウに「じゃぁ又な。」と言う。ユウは「うん。またね。」ニコニコしている。

「……ユウありがとう。」

アルファーシャは静かにそう言う。少し照れくさかった。

「うん。……気を付けてね。」

ユウには全て、お見通しの様だ。

「……大丈夫よ。」

そう答えつつもアルファーシャは不安だった。ユウに会うのはこれが最後になるかも知れない。

「じゃぁね。」

そう言って部屋を後にする。

……私、死ぬかも知れない。

不意に、そんな言葉が頭を過る。

シドの暖かい手が、とても……とても……。

心が痛くなる。

「飯、食った？」

何時もと変わらない普通の会話。

「うん。ユウと食べた。貴方は？」

普通って幸せな事なんだ。アルファーシャは初めてその事に気付いた。

「軽く食った。」

「じゃぁ何処か寄ってく？　私は少し飲もうかな。」

繋いだ手を離したくない。でも……

そっと彼女はその手を離した。この廊下を曲がると人気が多くなってくるからだ。なのにシドは、彼女が一度離した手を再びギュッと繋いだ。

アルファーシャは思わずシドの顔を見た。彼はそれに気付いて優しく微笑む。それは企みも含まれた笑いでもあった。彼女も思わずその微笑みに答えて笑った。……楽しんでいた。そのまま二人は正面玄関のホールへと向かう。

今を時めく司政官閣下と、コーラルの光と謳われている姫の、思いがけないロマンスの噂はその日の内に城中に広まった。

いつもの様に……食事をして。

いつもの様に……他愛もない話をしてお酒を飲んで。

いつもの様に……潮騒の聞こえる別荘に行った。

アルファーシャは、何気ないシドとのこの時間を大切にしたいと思った。

「もう少し飲むかい？」

お風呂上りのビールを飲み干した後、彼が聞く。

新しいグラスの用意をしてくれていた。

「んーっ。少しだけ欲しいわ。」

今日は何時もより随分アルコールを飲んでいた。幾ら飲んでも酔えないのだ。色々な事があったから……。

シドは、彼女が何時もより少し位多く酒を飲んでも、それもいいと思っていた。グラスを渡してブランデーを少し注いであげた。

「ありがとう。」

リビングルームでソファーに凭れて寛ぎながら、彼女はシドの横顔を見た。彼はニュース番組を見ていた。……綺麗な横顔だ。青い深い海の瞳。栗色の柔らかい髪。グラスを持つ大きな手。……その指先、爪先まで愛おしく感じてしまう。

「シド……お願いがあるの。」

何時に無くしおらしいアルファーシャの様子に、政治関連のニュースだったのだが、画面から目を逸らし彼女を見た。すると……今にも泣き出しそうな表情をしている。

「どうした？」

優しく問う。そう問いつつも……

……美しいエメラルドの瞳。真直ぐなライトブロンドの髪。

今の彼女は、ずっとシドが恋焦がれた憧れのアルファーシャ姫の姿そのものだった。……思わずその美しさに見惚れてしまう。心がキューッと苦しくなっていく。綺麗なエメラルドの瞳に吸い込まれそうになってしまう。彼女の前では男のプライドや変な自尊心なんて吹っ飛んでしまう。……心臓の音が急に大きくなる。

「お願い……」

真直ぐなエメラルドの瞳。

「抱いて……」

静かに閉じられて俯く。……涙が零れていた。

そんな事を言ったのは生まれて初めてだった。求められるままに男の言いなりになって、抱かれた事は何度もある。しかし、彼女は自分から一度も「抱いて欲しい」と言った事、求めた事はなかった。

「アルファーシャ……」

思わず、シドは抱きしめていた。彼女の細い体が小刻みに震えている。

……あんな事があった後だから……もう駄目かもしれない。アレンとの事を知られてしまったから……もう私の事、嫌かも知れない。でも……もう二度と会えないかも知れないから。きっと、会えないだろうから。だから……。

その時、

「……愛しているよ。」

初めて声にして彼が言う。

「……!?」

嬉し過ぎる言葉。

その優しい言葉に、アルファーシャは胸が一杯になり……また涙した。涙が、雨粒の様に後から後から流れていった。

……二人だけの夜が更けてゆく。波の音が、穏やかに遠くで聴こえる。

海の側にある小さな小さな別荘は、まるで二人だけのエデン〔楽園〕の様に思えた。


幸せになりたいと……本気で思った。

包み込むような彼の優しさと暖かい笑顔が、心の中の深い闇を光で照らしてくれた。望むものなど他に何も無かった。……彼と居るだけでそれで良かった。とても幸せだったから。


ベッドサイドのアラームは二時半過ぎを示していた。

……シドはまだ安らかな眠りの中だった。そっと……その頬にキスをする。

そして……静かに部屋を出た。後ろは振り向かなかった。振り向けなかったのだ。その身を、まるで引き裂かれる様な気持ちがした。

結局、彼に何もしてあげられなかった。……こんなハズじゃなかったのに……無情にも時間が迫っている。

それも運命ならば従おう。静かにアルファーシャは覚悟を決めた。

「さよなら……」

家を出た所で彼女はそっと呟いた。……目を閉じた。泣いている訳ではない。彼女は幸せなのだから。

彼に出逢えて、すごく愛されて……幸せなのだから。

幸せな気持ちをこの胸に抱いたまま……逝けるのだから。

スッと、一台の車が彼女の前で止まった。地獄からの迎えの車だ。

一度も振り向かずに、彼女は車に乗り込む。

今度、生まれてくる時も貴方と出逢いたい……。

彼女は一人で静かに微笑んだ。

……幸せをありがとう。

まだ明けない夜の闇の中で、彼女を乗せて車は消えて行く。それは、月の無い静かな晩の出来事だった。


行ってしまった。

アルファーシャは、黙って行ってしまった。何も言わずに、何も……何も言わせてくれないまま。独り、取り残されたシドはギッ!!と唇を噛んだ。

一人では広すぎる。まだ彼女の温もりが残っているベッドの中。

よりによって今日がその日だったなんて……俺は、君にプロポーズをするつもりだったんだぜ。それなのに

それなのに……彼女は行ってしまった。その気持ちを言葉に……口にして言えないまま。今度は何時会えるのかも分からないまま。そこに居たという温もりだけ、腕の中に残して……。

行ってしまった。

「チクショー!!」

シドは叫んだ。だが、その叫びは戦場へは届かない。虚しくもアルファーシャとの夢の跡を、まだ色濃く残す部屋の中に響く彼の声は、すぐ側の海の音に消されてしまう。

波の音だけが……まるで、その夢の続きを知っているかの様に……只そこに響いていた。彼の悲しみの全てを包み込んでくれるかの様に……ただ静かに。

どうか……どうか生きて、生きて帰ってきて欲しい。

彼女の上に、暖かい太陽が照らすように。彼女の元に、優しく星が輝くように。

神よ……もしも貴方が存在するのなら、どうか……アルファーシャに貴方の御加護を……貴方の大きな力で彼女を守ってやって下さい。

何て、俺は無力なんだ。

シドは思い知っていた。

自分の力の無さを……自分の小ささを……。

「アルファーシャ……」

……何て話したらいいのだろう。

シドは、アルファーシャを恐らく一晩中待っていたであろう、シャリアの元へと向かった。既にその家の前まで来ていたのだが……どうシャリアに説明していいものか、分からなくなっていた。

とても混乱していた。

アルファーシャが突然、居なくなってしまって……自分の事だけで手一杯で頭の中で上手く整理出来ていなかったのだ。それなのに……きっと自分よりも更に混乱しているであろうシャリアと話し合わなければならない。

「かーっ!!」

割に合わないかも知れない。だけど、そーなんだけど、そーなんだけれど……。

シドは大きく息を吐いてから呼び鈴を鳴らした。家中に響くその音が今日ばかりは何とも言えない感じがする。直ぐにドアが開く。

「どーゆう事?」

……訪ねて来る事は分かっていたのだろう。何時に無く厳しい眼差しのシャリアが、ま

るでその言葉を用意しておいたかの様に、

「どーしてシドなんだよっ!!」

爆発した。

「どーしてっ!!　他の奴じゃなくて!!　よりによってシドなんだよっ!!」

ドンドン!!　とシドの胸を叩くシャリア。それを全て受け止めるシド。

シャリアは……シドに憧れていた。とても大人に見えるシドに何時も、憧れていた。

……涙が溢れていた。

「俺、太刀打ち出来ないじゃないかっ!!」

シドに……何度も剣の稽古を附けて貰った。何度も……助けて貰った。何度も……相談に乗って貰った。

「わぁぁぁぁーっっ!!」

シャリアは声を上げて泣く。そんな彼を、シドは確りと抱き止めてから……。

「……ごめん、シャリア。」

と呟いた。

お前を傷付けるつもりは無かったんだ。だけど……傷付けちまった。

「……ごめん。」

ギュッとシドはシャリアを抱き締める。そして、その黒髪を腕の中に埋めた。そうする事位しか出来なかった。何も、他にはしてあげられなかった。

涙が枯れるまで、ずっと……シャリアは泣き続けた。

それは彼にとって、初恋の終わりを告げる出来事だった。


長老殿はその朝一番に西の国へと車を走らせた。

早朝、突然の旧友の訪問に何事かと思われた西の国の王は、まだ寝間着のままだったのだが直に部屋に御通しに為られた。

長老殿と西の国の王とは非常に仲の良い御学友で在らせられた。久しぶりに会うや否や唐突に、長老殿は国王陛下の足元に土下座をした。

これには流石の陛下も大変驚きになる。

「オスカー殿、一体、どうなされたのです。」

思わず陛下は膝をつくと、長老殿のその手を取ろうとされた。

「アーサー殿。お願いがございます。どうか我が姫様を……アルファーシャ姫様を……シド殿の妃に、どうか、妃に迎えてはくれませんでしょうか。」

長老殿、オスカー殿は誇り高い騎士だ。その彼が床に顔を擦りつけるかの様に自分に頭を下げる姿に、陛下は一瞬言葉を失ってしまう。

「……オスカー殿、止めて下さい。」

国王は長老の手を取って体を起こさせ、そしてこう仰った。

「私の方こそ、貴方にお願いに上がる所存で居た所です。」

国王の深いブルーの瞳が長老殿のグレーの瞳を見詰める。

……二人の間に嘘偽りは無い。

「いや、恥かしながら……家の馬鹿息子とアルファーシャ姫様との噂を耳にしたものでして。」

とても、恥かしそうに陛下は仰った。

「……親馬鹿かも知れませんが、出来るものなら添わせてやりたいと思いまして……私もオスカー殿に相談しようかと思っていた所でして……」

シドロモドロではあるが陛下の温かい言葉に、長老殿は涙を流された。

「……ありがとうございます。姫様は、アルファーシャ姫様は小生にとっては残された唯一つの光なのです。あの方がいらっしゃったから……我が主亡き後もこうして、恥を曝しながらも生き長らえる事を止めないで居るのでございます。」

陛下に優しく握られた手を、彼はギュッと握り返した。

先の国王陛下が御隠れになられて……取り残された寂しさと、護る者を失った脱力感に打ちひしがれていた時に、まだ幼いアルファーシャ姫様に……あの可愛らしい姫様に御会いした。姫様は……亡き主との思い出の薔薇園のベンチに腰を降ろしている小生の顔を見るなり、行き成り駆け寄っていらっしゃって、何と小生の頭を優しく「イイ子、イイ子♪」と撫でられたのだ。再び……明るい光が舞い降りて来た様な気がした。

その時、やっと彼は悲しみの感情を涙に表す事が出来たのだった。

それ以来、彼はアルファーシャの事を「我が姫様」と呼んでいる。

立場上はこの国の相談役として陛下にお仕えしているのだが、その胸元には、亡き主の紋章とアルファーシャ姫の紋章とを着けている。

今、長老殿の真の主はアルファーシャなのである。

「私も先日姫様にお会いしましたよ。とてもお優しい方だと思いました。そして、何とも御美しい。あの方はコーラルの光と謳われている。その意味が解るような気がしました。きっと、先の国王陛下を亡くされたオスカー殿の心の闇をも、照らして下さっているのでしょう。」

優しくそう言って下さった西の国の王の言葉に、やっと長老殿は胸を撫で下ろす事が出来た。

「陛下。」

不意に、部屋の外から西の国の近衛隊長の声がした。

「うむっ、入るがよい。」

「はっ。」

隊長は敬礼をしてからこう言った。

「たった今、フォーステンⅢ陛下から、〝朝食後に〟長老殿と御一緒に中の国に向かうようにとの、御命令がありました。」

「そうか……」

西の国の王はお笑いになる。

「どうやら、ルース様にはバレバレの様ですな。」

長老殿に目配せをする。

「……そのようで。」

思わず長老も苦笑した。

二人は命令通りに朝食を済ませてから、ルース様のいらっしゃる中の国へと向かわれた。

道中、その胸中は気が気では無かったが……。だが、同じ想いを抱えている者同士、互いの存在が大変心強かった。そして二人は、宮殿の廊下を逸る気持ちを抑えつつ歩いていた時に、問題の中心人物の内の一人であるシドに出会う。

「親父っ!!」

シドは思いも寄らない父親の姿に驚く。

「よう、馬鹿息子。元気にしていたか？」

「……どうしたんだよ？」

そう訪ねた時シドは、父親の隣にいらっしゃる長老殿の姿に気付き「おはようございます。」と挨拶をした。

「おはよう。実は……小生も父上もルース様に呼ばれているのだよ。」

長老殿が訳を話して下さる。

「……実は、私もそうなのです。」

シドはその時、役者が揃ったと思った。されども……主の御考えまでは解らなかった。

「ほぉーっ。これは粋なお計らいですかな。」

西の国の王は笑う。……全く暢気な親父だ。シドは頭が痛くなりそうだった。恐らく、親父も長老殿も全てを承知した上で城に参ったのであろう。ならば丁度良い機会をルース様は御与え下さったのだろうか。

ともかく、三人は国王陛下の元へと急いだ。

国王陛下のいらっしゃるお部屋のドアを前にして……シドは「……親父、すまない。」と呟いた。既に腹を決めている様な息子の態度に、父君である西の国の陛下は「何も謝る事はない。お前は何も悪い事はしていないのだから。」と、優しくそう告げた。

「ただ……」

「ただ？」

シドは、その自分と同じ色の青い瞳を見詰めた。

「ただ、ちーとばかしタイミングを考えてくれれば良かったのだが。」

「？……」

意味が解らなかった。

「……いや。いっその事やる事をやっちまって、既成事実でも作ってからの方が、向こうさんにしてみたら嫌でも断れないだろうから。その方が良かったのではないかと思ってな。」

えっ！　何て親父だ!!

「ふむ。それも一理ありますな。何せコーラルは大国。しかも、国王陛下は、殊の外、姫様を可愛がっておられますから。どんな縁談話が持ち上がっても、その道のりは難航しましょう。それならいっその事、既成事実とやらを作ってしまった方が早いかも知れませんな。」

何と、長老殿までがそんな事を言い出す始末。

シドは呆れ果てて物も言えなかった。親父はともかく、まさか長老殿までこんな風に悪ノリする方だとは……でも、この人達は、そーいえばメチャメチャ仲がいいんだよな。修行時代の二人は、気が合うせいか何時も何処に行くにもツルんで♪一緒だったと、聞いた事がある。

ハーッ！……シドは思わず溜息が出てしまった。

が、しかし……その一方で、この二人が自分とアルファーシャとの事を応援してくれている事が良く分かったので非常に嬉しく心強かった。

午前のまだ優しい日差しの差し込むテラスに……陛下はいらっしゃった。ドレス姿の美しいユウと和やかにお茶を楽しんでいる。三人の顔を御覧になって、陛下は何時もの様に微笑みを浮かべられた。その笑顔に一番ホッとしたのはシドだった。

勧められるままに椅子に腰掛け、御付きの者が出してくれたコーヒーを飲む。その様子も何時もと何ら変わらなかった。

「……陛下。」

シドが重たい口を開く。

確かに自分は親父の言う様に何も悪い事はしていないのかも知れない。だが……分を弁えているかと言うと、それは大変な事をしているという事になる。その事は良く解っていた。解ってはいるのだが……心が悲鳴を上げた。自分の気持ちには嘘をつけなかった。何も口にしてはくれないが……アルファーシャの、彼女の本当の気持ちに応えたかった。

「私は……」

言い掛けたその時、

「姫は、そなたを愛していると言っていたそうだ。」

珍しく、ルース様がシドの言葉を遮った。

「もっとも……絶対に本人の前では言わないだろうが。」

そしてルース様は少し困った顔で微笑まれた。アルファーシャの性格を良く御存知なのだ。

「アルファーは温泉に入った時、言っていたよ。シドを愛しているって♪」

ニコニコしているユウが、どうやら強力な証人の様だった。

「その時に、シドのおとー様に御会いしたんだよね。」

ユウは西の国の王に微笑んだ。その可愛らしさに、

「そうでしたな。」

思わずシドの父君も微笑まれた。

……愛しているって。

そんな事は言われなくたって分かっている。けれども、一度も彼女の口から言葉にされていないその気持ちを知ることはとても嬉しい事だった。

アルファーシャは意外に意地っ張りで、そして照れやさんなのだ。

そして何より……自分を困らせない為に言ってくれなかったのだろうとシドは感じていた。それは、少し寂しい事だったが……。

瞳が……アルファーシャの美しい瞳が全てをシドに語ってくれる。

たとえ言葉にしなくても……彼女の瞳はチャンと酷く透明に、その心の想いの全てを語

って伝えてくれた。

「アロウ殿の説得に時間は掛かるかも知れませんが。アルファーシャをお願い出来るのは我が司政官殿しか居ないと、私は思う。」

ルース様はアルファーシャの小さい時からの良き理解者だった。時に本当の兄君の様な気分に為られて……、「アロウ殿が姫をその辺のボンクラ王子に嫁がせると言うのなら、いっその事私が養女に頂き、私の眼鏡に叶ったそれなりの所に嫁がせる」と脅しを掛けた事さえあった。

「……最近のあの方のアルファーシャに対する仕打ちは、ちと酷すぎる。」

陛下はその事にずっと御心を痛めておられたのだ。されど陛下は、三人の顔をそれぞれ御覧になってから、「そう言うことで……宜しいですか。」と、気を取り直して微笑まれた。

「ありがとうございます。」

まず西の国の王が頭を深々と下げた。すると、長老殿も、「ルース様の御心遣い、何とお礼を申し上げていいやら。小生、何と申して良いものか、言葉もございません。」

同じ気持ちだった。そんな中でシドだけが……面食らっていた。

——何も言わない内に自分の望みが全て叶えられてしまった。しかも、そうなる様に……ルース様を始め、皆が考えて下さって居たのだ。

「良かったねシド。」

ユウがニコニコしながら言った。それでやっと、彼の止まっていた思考カイロが動き出した。

「……ユウ、ルース様、長老殿、親父。」

皆の顔を一人一人見詰めた。

「私の為に……ありがとうございます。」

そして深々と御辞儀をする。

その体が小刻みに震えている事を、彼の父親は見逃さなかった。

「なーんだ馬鹿息子。ビビっていたのか。」

ヤレヤレ★といった具合で肩を竦めて見せた。実は父親の方もとてもホッとしたクチなのだが。その言葉にシドはかなりムカついたが、今日の所は態々《わざわざ》自分の為に国から出て来てくれた事もあるので我慢しようと思った。

「そう仰るアーサー殿も……お妃を迎えられた時、そうだったではありませんか。」

不意に長老殿は思い出したかの様に笑いなさった。

「……えっ！　そうなのですか。」

これにはシドも驚く。

シドの母親はまだ彼が幼い時に妹を生んで直ぐに亡くなってしまった。産後の肥立ちが悪かったらしいと聞いていた。

……とても優しい母だった。それは幼いながらも良く覚えている。

「閣下の御母上は、やはり大国の姫君で在らせられまして。この国に留学中の時にアーサー殿と出会われて。……その、所謂出来ちゃった結婚というやつでして……」

……おいおい！　シドは又、頭が痛くなってきた。

「その事実を国元の父君に知られたお母上は、可愛そうに逆鱗に触れて勘当されてしまったのです。それで御二人は一緒になれたと言う訳です。」

長老殿の話を恥かしそうに聞いていた西の国の王は、頭をかきながらこう言った。「いやーっ。未だに父上は口を利《き》いてくれないのだよ。」

……なんてこったい!!　これにはホントに頭が痛くなってきた。

「血は争えませんね。」

静かにそう仰ったルース様はニッコリと微笑んでいらっしゃった。……親父と一緒にしないでくれっ!!

「あのねぇ。ユウ見ちゃったの♪」

シドは思わずギクッ!!　とする。……なーにをこの子は見たのかなぁ？

ユウに一同注目する。皆、スゴーク興味深々だった。

「姫様、何を見たのですかな。」

思わず身を乗りだす西の国の王だった。

「あのねえ、二人はラヴラヴ♡なんだよ。」

ユウはニコニコする。

「ラヴラヴと申しますと……」

長老殿もトッテモ聞きたい♪

「はて、ラヴラヴと言うのは、二人の進行状態が如何いう風なのを示すのですかな。」

西の王は首を傾げた。

「さぁ、私には分かりませんが。二人が一緒に居る所は良く見かけるのだが、それがラヴラヴなのでは……」

ルース様までこの御調子だ。

「ラヴラヴと言うのは、所謂ヤッチャヤッタって事でしょうか。」

そう言われたこの人は本当に、この大国フォーステンの長老殿なのだろうか。

「……ヤッチャヤッタって何？」

今度はユウが首を傾げる。

「ヤッチャヤッタって言ったら、やっぱりアレしかないですよ。」

西の王は茶目っ気たっぷりにウインク★をした。

「愛し合ったという事だよ。」

何と、ルース様がユウにその意味を優しく教えてあげていた。

「メイク・ラヴとも言いますな。」

こちらはハイカラな言葉を使う長老殿。

「んーっ？」

……ユウは考え込む。その仕草がとても可愛い。

「ユウはね、アルファーとシドがチュー♪している所とか、ギューッて抱き合っている所を見たの。でね♪……すごくいいなぁって思ったの。」

ユウは目をキラキラ☆させていた。どうやら夢見る少女モードにドップリと浸かっている様子だ。

「ほう。そこの所をもっと具体的に……」

西の王がそう言った時、ずっと黙ってその会話を聞いていたシドがキレた。

「このスケベ親父っ!!　いい加減にしないかっ!!」……はぁーっ!!

所が「二人の状況を良く知っておく為には、ユウ姫の仰る事は是非聞いておかなくてはならないだろう。」

悪戯っぽく笑った父親に、シドはもう何も言う気になれなかった。

完全にシドはいい玩具にされていた。

……全く!!　タチが悪いったらありゃしない。

「あのねぇ。」

ユウが再びその口を開こうとした時、シドは思わずその口に手を当てた。モゴモゴするユウに「あんまりお喋りだとアルファーシャに嫌われるぞ。」と脅しを掛けておく。

「そんな事ありませんよ。」

……ルース様も本当にお人が悪い。

シドは思わず叫ぶ。

「頼むからやめてくれーっ!!」

それは皆に笑いを齎《もたら》さずにいられなかった。


その晩……。

ルース様の取り計らいにより、シドはコーラルの国王陛下とお会いする事となった。無論、二人だけでお会いする事も話す事も初めての事だったので、シドは些か緊張していた。

人目を避ける様に、指定された薔薇園のベンチで待つ。

……薔薇の香りに酔いそうな夜だった。

「当って砕けろ。」彼の父親は随分不吉な事を言っていた。きっと昔そうして砕け散ったクチなのだろう。だが、たとえこの場で失敗しても自分の意志を伝える事はとても重要な事なのだ。意志を伝える事は、解って貰える為の第一歩なのだから……

夜風が心地よく頬を過っていく。

……アルファーシャは今頃どうしているだろうか。

それだけが気掛かりだった。

……流れる金髪に美しいエメラルドの瞳。柔らかい肌の感触、その儚げな眼差しの奥に秘められた情熱の炎。

——最後に会ったアルファーシャの姿。思い出す度……胸が熱くなる。シドの心はアルファーシャの元へと飛んでいた。

彼女だけのものだ。そして……彼女だって、そう思ってくれているに違いない。

空を見上げたら月が、美しかった。綺麗な細い細い三日月……今宵は何故か酷く冷たく感じられる。今、愛し合う二人が同じ月を見る事はない。

違う星で、アルファーシャはどんな月を見るのだろうか。思いを……馳せる。その時、シドの体が一瞬ピクッとした。

……いらっしゃった様だ。

シドは立ち上がってその方が姿を見せるのを待った。

一瞬、空間の一部が歪み……シドの頭上に、その方は現れた。コーラルの国王陛下アロウ・リーズ・グーリッジ殿その人だった。

ライトブロンドの髪、スミレ色の瞳。同じ双子とは言え、親友のアレンとは別の美しさを持つ男だ。アレンが光ならばこの方は漆黒の闇。アレンが炎ならばこの方は絶対零度の氷だろう。

太陽と月、動と静……二人は全く正反対だ。

「お前か、余を呼び出した身の程知らずは。」

表情がまるで無い、冷たい氷の瞳がシドを見下ろす様に眺めていた。

……この方がアルファーシャの運命を変えた。

ゆっくりと、静かに地上に舞い降りてくる。

シドは片膝を地面について地面を見たまま「恐れ入ります。」と答えた。

その様子にコーラルの王は「……堅苦しい事はやめようぞ。」と仰ってから、マントを翻しベンチに座りなさった。

「そなたも座るがよい。」

「……はい。」

シドは少し戸惑ったのだが、その御言葉に従った。……やはりアルファーシャに似ている。時に、彼女は高ビシャな物言いをする事がある。それに、堅苦しい事を嫌がる辺りなど、王の御姿にアルファーシャが何度も見え隠れしていた。

……血は繋がっていなくてもやっぱり兄妹なのだ。

「そなたは余が怖くはないのか？」

……思いも掛けない事を言う。シドは訳が解らなかった。

「どうしてそう思われたのですか?」

逆に質問してしまっていた。

「アレンが……弟が、世話になっている様だが……」

王はアームレットを手悪戯始める。……アルファーシャも考え事をしている時そうだった。

「ここに参る前に、弟がそなたをあまり怖がらせるなと言った。余は……どうやら皆にそう思われている様だからな。だからそなたも、そう思ったのではないかと思ったのだ。」

その美しい……スミレ色の瞳は相変わらず表情が分からない。けれども、誤解されやすい所。……アルファーシャが陛下に似ているのだろうか。

「御会いするまでは、そう思っていました。」

シドは正直な男だ。

「憎んでも、いました。」

フッとシドは笑った。その姿を王は意外に思いながらも静かに見詰めていた。

「ですが……陛下もアルファーシャ姫と同じである事が分かりました。だからもう怖くも憎くもありません。」

……シドのその海の色の瞳は、優しい色を湛えていた。堅物とばかり思っていたこの男がこんな表情をするとは……

「私とアルファーシャが……同じ?」

言っている意味が解らなかった。

思わずその顔が素に戻っていた。非常に驚かれたのだ。

「ええ、良く似てらっしゃいます。」

シドは思わず又、微笑んでしまう。

そーゆー所が良く似ているのだ。

「少し高ビシャな所、そして他の人に誤解されやすい所。その事を気にしていない振りをしていて、実はとても気に為さっている事。……堅苦しい事が嫌いで、時に思いも掛けない事を仰る所、兄弟思いの所、考え事をする時に手悪戯をされる所。そして……」

……陛下は思わず少しムーッとしていた。全て本当の事を言われてしまったからだった。

「怒りっぽい所。」

最後は王の表情を見てから言った言葉だった。

隠してもこの人には分かってしまう。ならばいっそ、正直に話した方がいい。

シドは良く解っていた。伊達に長年、双子の弟君・アレンの親友をやっている訳では無かった。

「アルファーシャ姫が陛下に似てらっしゃるのか、それとも陛下がアルファーシャ姫に似てしまわれたのかは分かりませんが……」

それは卵が先か鶏が先かと言っている様なものである。

「やっぱり、御二人は似ていらっしゃいます。」

穏やかな表情を浮かべるシドの「……安心しました。御二人の間にどの様な誤解があるのかは分かりませんが……これだけ似てらっしゃる家族が、お互いを嫌いな訳が無いですから。」その言葉に、王は驚きを隠せなかった。

「……まぁ、一応アルファーシャは私の娘だから。」

カーッと顔が熱くなるのをコーラルの王・アロウは感じた。全てこの男に見透かされた様で恥かしくなったのだ。しかも、力も何も無いこの男に。

……アレンがとても慕っているのも分かる。

やはり自分を理解して貰えるという事は基本的に嬉しい事なのだ。きっと……アルファーシャも、そうなのであろう。

一方シドは、きっと陛下にお会いしたら耐え難い嫉妬に駆られると予想していた。一度はアルファーシャが愛した人だ。だから自分を抑える事に酷く苦しむだろうと思っていた。ところが今、そんな気持ちに成る所か親しみさえ覚えている自分に凄く驚いていた。余りに……彼はアルファーシャに似ていた。そして大切な親友のアレンにも似ていた。似すぎていて、「家族」という文字が頭の中に浮かんだ。

彼らは家族なのだ。似ているのは当たり前だ。

涼しい夜風が二人の間をそっと流れていく。

……余計な事を喋り過ぎた。

アロウは、思わず喋り込んでしまった自分に驚きつつも、この男の持つ不思議な雰囲気に包み込まれている事が嫌でない事に気が付いていた。

「……アルファーシャは私の妃にするつもりで教育していた。厳しい修行をさせているのもその為だ。あれには、下々の者達の想いを良く解って欲しいと思っている。」

静かに、美しい顔をした国王は話し続けた。

「我々が絹の服を着てワイングラスを傾けている間に……国の為に死んでいく者も居るという事を、良く解って欲しいと思った。……アルファーシャにしてみれば私の勝手に付き合わされて可愛そうなのだが……」

その時、国王が緩く笑った様にシドには思えた。……苦笑だろうか。親の思い……子知らず。そんな所だろうか。しかしアルファーシャは心の何処かでチャンと解っているだろう。そうでなければ、あのジャジャ馬が黙ってそれに従っている筈がない。

「もしその願いが叶わなければ……親馬鹿かも知れないが、何処か大国の王妃にと思っていた。あれは女王として君臨しても可笑しくは無い器だと思っている。」

……何時の間にか本当の事を話していた。

「私は……アルファーシャを愛している。だから……もう少し、私の我がままを……目を瞑っていては貰えないか。」

シドを見詰めた国王の瞳はとても、とても悲しい色を湛えていた。

……何て悲しい人なのだろう。シドはそう思った。アルファーシャもそうだった。何時もとても悲しい瞳をしていた。

——そんな事は口が裂けても言うつもりはなかった。

アロウは自分で自分の言動を理解出来なかった。散々コケにして、そして反対してやるつもりだった。それなのに……シド・ビリオンという男を目の前にして、アロウは自分の全てを曝け出してしまった。

不思議な男だ……。

「仰せのままに。」

シドは、時を待つ事を決意した。アルファーシャの養父を、この方を信じたいと思った。

「ありがとう……」

静かにそう言ってアロウは目を閉じた。

そして、「……何時でも、その……弟と遊びに来るがよいぞ。」ボソボソと恥かしそうにそう仰って、フワリと宙に浮いてから……消えた。

テレポーテーションして帰られたのだ。

「ありがとうございます。」

天に向かってシドは言った。

とても嬉しかった。そして、何時までも彼が消えた星空を仰いでいた。

先程までは冷たく見えた細い三日月が、今はやけに優しく思えて……彼は穏やかな気持ちを取り戻していた。


アロウが自国の宮殿に戻ると、待ち構えた様に弟のアレンがやって来た。

聞かなくても、何がシドと兄との二人の間で話されたのかは、手に取る様に理解していた。パフッと何も言わずにアロウは弟に抱き付いた。

それを弟は優しく受け止めた。やはり、何も言わずに。

「……参った。まさか……あの子が何も力の無い普通の男を選ぶなんて、夢にも思わなかったから……」

背丈の全く同じ弟の肩に顔をのせて、アロウはスミレ色の瞳を静かに閉じる。

「シドはチョット普通じゃないけどね。」

弟は緩く笑う。そして兄の柔らかいライトブロンドを優しく撫でてやった。

「……そうだな。」

されるがままに……アレンは珍しく弟の優しさに従っていた。

「面白い奴だと思った。……アルファーシャが好きになるのも、良く分かる。」

シドは……器の大きな人だ。

「兄さんでも予測付かない事もあるんだね。」

先程からの兄の言い方は、まるで〝こうなる事は予測出来なかった〟と、そんな風なので、アレンは驚いていた。

「当たり前だ！」

少し怒った様にアロウは言った。

「亡くなった母上から頂いた制御装置は、お前が思うより結構利くんだぜ。」

手首の美しいアームレットをそっと触る。母の形見となった品だ。

「アロウ。貴方の力はこの世界では使ってはいけない。」

亡くなる少し前に母が言っていた言葉。

「貴方の力は、ここで使うには強すぎて……この世界の全てのバランスを崩してしまう。」

……とても美しかった母。

「これを着けて、それで使える力の範囲で行動しなさい。」……未来予知の力を持っていた母。「でも、もしも貴方の愛している人を……唯一人の人を助けなければいけない時は、これをお外しなさい。」……そう言って微笑まれた、優しく息子を見詰めるスミレ色の瞳。

余りに強大な力を持ってしまった息子の行く末を、何時も心から心配してくれていた。

……優しい人だった。

アロウの力は妻のエリザベート王妃の為には使われる事はなかった。彼女とは……よく有りがちな、父親同士の勝手な決め事の政略結婚とも言える様なものだったからだ。彼女が生まれるずっと前から決められていた約束事だ。

望まない結婚だった。

それでも……エリザベートはアロウを愛していた。……愛してくれた。彼女は小さい時から病気がちで短命だろうと……アロウは良く分かっていた。とても悲しい女だ。

……だから妻にした。

しかし決して、彼女に恋愛感情を持ったことは無い。何時も一緒に居たので可愛い妹の様な存在だったのだ。短命と分かっていた妹の様な彼女を大切にしてやりたかった。なるべく長く生きられるように。笑顔を守ってやれる様に。

だから、彼女の望み通りに結婚を承諾したのだった。

その事が、逆に彼女を深く傷付けて苦しめてしまった。そればかりか……彼女に、エリザベートに……アルファーシャへの熱い想いを悟られてしまった。事もあろうに……彼は、アロウは養女に迎えたアルファーシャを愛してしまったのだ。

アルファーシャはグーリッジ長家を中心とし、それを守る皇族の内の一つであるデイケンス家に生まれた。アロウとアレン達双子とはとても近い親戚にあたる。父親は聡明で大変立派な男だった。ところが、この父親に思いも寄らない疑惑が掛かった。

彼は、コーラルの陸軍・海軍・空軍・宇宙軍に於いて全ての総指令権を持っていた。つまりコーラル軍のトップであった。それを妬む輩達の流した根も葉もない噂が火付け役となった。

それは国王であるアロウの命を狙っていると言ったものであった。やがて、その疑惑が不届き者達の闇の工作によって、それが本当の事の様に……まるで疑惑で無くなるように仕向けられて行った。……気付いた時にはアルファーシャの父親・デイケンス総指令官閣下は彼らの策略に嵌っていた。

当時、父親はその地位を利用しそれに立ち向かうだけの力はあった。彼はコーラル軍全軍の総指令権を持っていたのだから。だが自分の身を守る為に軍隊を動かす事は、国王陛下に反旗を翻す事になるのだ。そこまで、アルファーシャの父親は追い詰められていた。父親は彼を慕う部下らに何度も、〝無実の御身を守る為には戦うしかない〟と言われた。疑いを持たれた陛下の御心を皆、非常に怨んだ。〝かく成る上は、陛下に刃を向けても仕方ない〟とまで言われた。デイケンス閣下はそれに相応しい、それほどの器を持つ男だった。

それにしても、敵の策はまるで水一滴とて逃がさない様な……いかにも巧妙な策だったとも言えよう。追い詰められたにも拘わらず、アルファーシャの父親は彼の部下達の勧めには乗らなかった。自らの身の潔白を証明する為に死を選んだのだ。

後の調査で明らかになった事なのだが……その全てが、アロウの片腕と言われた腹心の部下が指示した事と分かった。部下は、アロウの、国王の力の制御がどれ位されているのか、そしてその御人柄を良く把握していた。

力を制御されているとは言え、アロウは人が頭の中で具体的に言葉にされた思考を読もうとすれば出来た。深層心理までは読めないが、大体知ろうと思えば出来たのだ。しかしアロウはそれを望まなかった。アロウは、人として自分が他人にされたら嫌な事をしたくなかった。だから何時も自分の能力に蓋を閉めた状態にしていたのだ。

……そこに目を付けられてしまった。

裏切った腹心は、民間の出で皇族との強い繋がりを望んでいた。これからの自分の地位を確立させる為にも。その上を狙う為にも。彼は野心家だった。そこで、国王陛下の絶大なる信頼を受けるデイケンス閣下の娘であるアルファーシャ姫との縁談を望んでいた。その頃、まだアルファーシャは幼いので許婚という形になったのだろうが。彼はとても優秀な男だった。民間からの叩き上げでその地位まで自分の力でのし上った男だ。ところが……余りにも女癖が悪く私生活が乱れていた事と、その性格の陰湿さにデイケンス閣下は一向に首を縦に振らなかった。

アロウ国王は部下の私生活をとやかく言う人では無かったのだ。

……プライドの高い彼は〝恥をかかされた〟と思った。それが、策略を巡らすキッカケの一つになったとも言えよう。

アルファーシャの父親は最後まで身の潔白を訴え続けた。処刑されても尚、その亡骸は国王陛下の瞳を真直ぐに見続けていた。

母親は同じ時刻に屋敷で自害した。そして、幼いアルファーシャはデイケンスの家に仕えていた爺に連れられて姿を消したのだ。

その後……詳しい調査を進める内に、段々とデイケンス閣下の無実が証明されてきた。アロウ国王は、アルファーシャ姫のその後を心配して、自ら彼女を探し当てた。……どんな事をしても、この可愛そうな想いをさせてしまった少女を直ぐに自分の元へ引き取ろうと思っていた。

けれども、森の中で逆境にもメゲズに静かに幸せそうに暮らしている彼女の姿を見て気が変わった。……まるで妖精の様だった。美しい光の妖精の様に緑豊かな森の中に解けこんでいる彼女を、そのままにしておいてやりたかった。……城に上がれば勝手な大人たちの喧騒に巻き込まれる日々となることは目に見えている。

全てをそのままに……彼女の爺に任せて。だが、彼女に知られない様に二人を危険から守り、物理的にも経済的にも援助し、静かに見守る事にしたのだった。その事は彼女には未だに知らされてはいない。……知らせる必要も無いだろう。全ては、国王である自分の大きな過ちの結果なのだとアロウは思っていた。

……アルファーシャはその犠牲者なのだから。

彼女の安らかな時間。それも……彼女に仕えている爺の寿命が来るまでであった。アルファーシャが十二歳の誕生日を迎える少し前に……彼女を育ててくれた爺は老衰の為に亡くなってしまった。独り取り残されて呆然としているアルファーシャを、確りとアロウは抱き締めてこう言った。

「私が一生、お前を守るから……だから泣くな。」と。

出し抜けに現れた彼に……アルファーシャは驚きもせずに、そのスミレ色の瞳を真直ぐに見詰めた。まるで彼が来る事を以前から分かっていたかの様に……いや、もしかしたら彼女は分かっていたのかも知れない。

「……貴方が私の運命を変えるのね。」

アルファーシャはそう言っていた。

「そうだ。」

彼はそう答えた事を良く憶えている。

――俺がアルファーシャの運命を変えたのではなくて、彼女が俺の運命を変えてくれたのかも知れない。

彼女はまるで、この世界を照らす日の光の様に……時に優しく無邪気にその微笑みで、冷たいアロウの心を照らしてくれた。全ての深い深い闇をも包み込む、穏やかで清らかな春の日差しの様な光。それは……まるで自分の絶対零度の氷の心までも溶かしてくれる様な……。

とても強くて、とても優しい光。

何時しか時が経つに連れて……光の姫を自分だけの、独りだけの者にしてしまいたい感情がアロウの中に生まれた。……そんな事を思うのは生まれて初めての事だった。全てを見切っている彼が……冷酷な心を持つと誰にでも言われていた彼が。人を超えてしまった彼が……その彼が、人を愛するなんて。人並みに人を愛する事が出来るなんて、アロウ自身、思いも寄らなかった。

予測不能の、思いも寄らぬ新しく生まれた感情は、人を傷付けるものだった。……それは彼が一番望まない事だった。

恋をして傷付かない人はいない。人を傷付けない恋なんて存在しない。

彼は当たり前の事を大変戸惑っていた。……それまでの彼にとっては非日常の出来事だったからだ。だが……恋は盲目。アルファーシャの美しさ以外の全てのものが見えなくなる。五百年以上生きて来て初めての恋──。

冷たく凍り付いていた彼の心は、彼女と出会う事によって一気に燃え上がる。その想いは、アルファーシャが美しく成長し十六歳になった頃に爆発した。彼は、平常心と言うものをその時初めて失った。

エリザベートが……妻が居るにも拘わらず、彼は……アロウはアルファーシャを抱いた。ずっと内に秘めていた想い。……二人は愛し合っていたのだ。それは……結ばれた二人にとって、やがて迫り来る不幸と背中合わせの幸福の瞬間だった。時が止まって欲しい……本気でそんな馬鹿な事を思った。理屈で良く解っていても、心が全く付いて行かない。……心は互いを求め合う。只ひたすら愛する互いを求め合う。その瞬間の幸福の為にならば、どのような罰でも受けよう。

大罪は……大きな代償をもって償わなければならなかった。エリザベートの侍女のアルファーシャに対する悪意の一言。

——大きな誤解が二人を引き裂いた。

「陛下は全てを解ってらっしゃったのに姫様の御父上を見殺しになさった。」

嘘だった。そう思われても仕方がないのだが、それは嘘だった。アロウはその事に関しては本当に解らなかったのだ。……彼の力の殆どは、母親が亡くなる少し前からずっと封印されたままなのだから。それに、彼は元々力に頼る事を善しと思ってはいなかった。なのに……彼は何も反論しなかった。出来なかったのだ。アルファーシャの父親は自分の不注意で殺してしまったのだから。

それからだ……それからずっとアルファーシャは……。

「俺は……アルファーシャを、守れなかった。」

何時の間にか涙が流れていた。

「……兄さん。」

ギュッとアレンは兄を抱き締める。

アロウは自分の半身だ。アレンとアロウはたった一つの細胞から二つに分かれて生まれた。……二人は元々同じ者なのだ。だからアレンはアロウの気持ちが手に取る様に解った。

力が有る無しに関係なく。

そんな二人の様子を、赤い瞳のユウが静かに優しい色を湛えながら遠くから見守っていた。……その表情はまるで聖母の様だった。

「私が……アロウの永遠を生むわ。」

その気配に二人は気付く。

「だから……泣かないで……」

胸が締め付けられる様なアロウの涙にアレンは……。

「何時まで、兄さんは待てばいいんだ。」

赤い瞳に問う。

いいや、「赤」と言うよりは「紅」と表現した方が正しいのだろうか。酷く澄んだ、美しい紅のユウの瞳。

「……永遠の貴方々にとって、それは一瞬の時。ほんの少し眠っていた様なもの。やがて直ぐに訪れる幸福の時を……必ずや、約束しましょう。」

紅い瞳のユウは優しく微笑む。

「ですから……アルファーシャを、有るべき姿に。本来運命付けられている、居るべき所、シドの元へ……」

今まで見た事の無い様な表情をユウは浮かべていた。……古の伝説が彼女をそうさせるのか。それとも、その血筋がそうさせるのか。

ユウのルーツは元々ルース様と同じだ。だから……ユウとルース様の血と血が強く、強く引き合う。それは誰にも決して止められない。まるで……恋人達が引き裂かれた悲しい紅い星の恋の伝説の様に。

「貴方が一番愛しているアルファーシャの為に。貴方の力を。」

ユウは、アロウのスミレ色の瞳を見詰め返した。

「それが貴方の役割。そして、それが貴方の生まれ持ってきた……宿命。」

スミレ色の瞳は悲しい色を湛えてその紅い瞳を見詰めた。

「この俺が……もう一度、人を愛せると言うのか。」

……そんな事は有り得ない。そう言いたげな彼の瞳。

「人の心は移ろうもの、変わるもの。貴方の心がそうだった様に……」

「そんなの嫌だ!!」

アロウは叫んだ。

「アルファーシャ以外を愛する事なんて俺には……俺には出来ない!!」

そんな事は絶対に……「したくないっ!!」

激しいくらい真直ぐなアロウの愛。

「……アルファーが、泣くわ。」

ユウは静かに瞳を閉じる。

今の彼に何を言ってもダメな事は重々承知していた。純粋に生まれすぎたアロウ。もっとズルク生きられたらどんなに楽だったろうか。

「解っている。……解っているんだ。」

涙が止まらなかった。

全てを理解しなければ後にも先にも進めない。……よく解っていたのだ。

「……大丈夫よ。真理《まり》が貴方の心を満たしてくれるから。」

ユウの綺麗な瞳は未来を垣間見ていた。

「それまで……もう少し、我慢してね。」

そう言ったユウの、その口調は何時もの彼女のものだった。

「まり……」

アロウはその名前を呟く。……彼の予測を超えた未来。

「そうだよ。真理だよ。」

ユウはフワッと微笑む。そして二人の前からそっと姿を消す。

「真理……」

もう一度アロウは呟く。その名前の響きは心が優しくなれるような感じがした。


ユウはスカイの家に戻るとベランダで月を眺めていた。

まだ細い細い、満ちない月。

彼女は何時に無く神妙な顔で……とても悲しい目をしていた。ツーッと紅い瞳から涙が零れる。

……私とルース様は結ばれてはいけない。

よく分かっていた。……解っていた筈だった。

紅い星……引き裂かれそうになった恋人達が、最後に求め訪れた楽園。その地位も、名誉も、大切な人達の全てを捨てても愛を選んだ二人。余りの力の強大さ故に人々に恐れられ忌み嫌われ……自由を奪われた者達の最初で最後の反乱。

……二人は何も望んでいなかった。

人々が恐れていたような事……世界征服、神の如く君臨するなど……そんな事は、これっぽっちも考えてはいなかった。

只、只二人でずっと一緒に居たかっただけ。

穏やかに二人の生活を送りたかっただけ。

如何に力が強大なものであっても、望みはただ一つ。

……愛する人との人並みの幸せ。

それ以上の何を望めばいいのだろうか？

悲しい伝説の血筋の二人……ユウとルース。

歴史は繰り返す。形を変えて……姿を変えて……時を超えて……。

「……真理《まり》」

ユウは声に出して言ってみる。それは、二人が結ばれないという事の証明だった。

真理……未来にユウが身ごもる〝永遠の子〟の名前。永遠の子は、永遠の命を持つ者同士にしか生まれない。

……ルース様は永遠では無い。だから……

ユウは涙が止まらなかった。

「私だって嫌なのに。……私だってルース様以外、考えられないのに。他の人を愛するなんて……信じられないのに。なのに……」

未来を予知出来る者の悲しみ。分かっていても……彼らは今を、今を精一杯生きているから。感情は付いて行けないから。

……だから苦しい。


月の無い晩だった。

シェードの国は深い闇の中に静かに、静かにその全貌を隠しているかの様にアルファーには見えた。その闇の色と同じ黒髪と漆黒の瞳。それがこの任務に就いたアルファーに与えられた姿だった。

突然シェードの国との国交が途絶えて、もうすぐ二ヶ月になろうとしている。シェードはフォーステンやコーラルに続く大国だ。シェードの国王陛下は、何時もは御出席なさるフォーステンの建国記念の式典にもいらっしゃらなかった。それどころか、式典の御招待の使いに行った者の所在すら未だ確認出来てはいない。……こんな事は初めての事だった。

ルース様は、御友人のアルデヒト陛下を大変心配なさっていた。ルース様とシェードの国王陛下アルデヒト・ユーゲン・シェード殿は仲の良いご学友で在らせられた。毎年行われる式典で、久しぶりにお互いに会える事を非常に楽しみにしていらした。それなのに……

一体、このシェードの国に何が起きたのか。国交は断《た》たれ、人っ子一人入れない状態が続いている。……闇に紛れ忍ぶ様に、国境近くの密林をアルファー率いる調査部隊が目的地に向かっていた。僅か五人での危険を伴う極秘任務だった。

……嫌な感じがした。

「ウル、何か変だとは思わないか。」

ピッタリと、まるでアルファーの背中を守るかの様に後ろを歩いている相棒の大男に、小さな声で話し掛けてみる。彼とはこの仕事を始めてからずっと一緒の付き合いだった。

相性がいいのか、二人で居れば必ず生きて帰る事が出来た。

「姫。あっしもそう思っていた所です。」

長くこんな仕事をしているとカンが鋭くなる。それを頼りにする事は命を守る為に大切な事だ。

ウルと呼ばれた男はアルファーの素性を知っている訳ではない。だが、彼はアルファーをどういう訳か「姫」と呼ぶ。何時しか同じ部隊の者達もそう呼ぶようになり、何時の間にか彼女のコードネームも「姫」になってしまった。

「……静かすぎる。」

穏やかな夜の世界の音は聴こえてくる。……虫の音、夜行性の動物達の息遣い、植物達の昼間とは違う姿。一見、それは何時もの夜の森の様子そのものであった。しかし……何故か胸騒ぎがしていた。

——死ぬ事は怖くない。

失うものなんて何も無かった。彼女が唯一守るべき者……弟のシャリアも、もう立派に一人で生きていける程に成長した。だから……。

何時も死場を求めていたのかも知れない。アルファーは苦笑する。

あれほどの辱めを兄達に受けても……自殺する事も許されず。舌を噛む度、手首を切る度、首筋にナイフを入れる度に、薬を飲む度に……その度に彼らによって蘇生させられた。

自分の意志とは無関係に……。私は自分で死ぬ事さえも許されなかった。

——今度は……兄様は私に死に場所を提供すると言うのか？

お払い箱って事だ。

アルファーシャ姫としてではなくアルファーとして、一兵士としての死を下さると言うのか。

それもいいだろう。アルファーはフッと笑った。ふと、シドの……シドの顔がその脳裏に浮かんだ。

……死にたくなったら一緒に死んでくれると、彼は言っていた。

貴方は本気でそう言ってくれた。……私なんかの為に。

心が……彼の元へと飛んで行きそうになる。

もうきっと生きては会えないだろう。そんな事、良く解っている。

考えまい。彼女は思わず首を横に振った。まるで、本当の思いを断ち切るかの様に。

「……姫。」

ウルが心配する。

「何でも無い。私の考え過ぎだ。」

安心させる為に笑ってみせる。その時—。

「しまった!!」

人の気配がした。同時にアルファーは自分達が囲まれている事を悟る。

「エスパー部隊か!!」

それまで全く人の気配は無かった。事前にアルファー達の行動を読んでテレポートして来たのだろう。

「うわーっ!!」

こちら、唯一のエスパーの首がふっ飛んだ。狙撃されたのだ。その隣にいた部下が恐怖に戦《おのの》く。……今度こそ死ぬかも知れない。

「……四十、五十っ!!」

たかが五人に五十のエスパー。アルファーは覚悟を決めざるをえなかった。

「銃撃部隊が……五百か。」

彼女と部下達は動いていた。止まれば狙撃される。既に、戦いは始まっているのだ。

雨の様に降り注ぐレーザー光線の中を走り抜ける。同時にマシンガン、レーザー銃等による攻撃を加える。

アルファー率いるこの部隊は、小さいながらも数々の戦いを生き抜いた優秀なプロの集団だった。

「正面一点に集中し、強行突破を懸ける。」

命令を下しつつアルファーは思う。……無謀だ。しかし、このまま何もせず撃ち殺されるよりはマシだ。

「ギャーッ!!」

また一人、殺《や》られた。恐怖の叫びと共に、エスパーの衝撃波で手足だけを残して体の全てが吹っ飛んだ。その血が迸る。

——作戦が漏れていた。

嫌な言葉が頭に浮かんだ。そんな事はもう後の祭りだ。

「畜生ーっ!!　キリがねぇ!!」

ウルが叫ぶ。

そろそろ弾切れ、エネルギー切れだ。

ここまで、生き残った三人で良くやっている方だ。奇跡に近い。

「チッ!!」

ウルが弾切れのマシンガンを投げ捨てる。今度は護身用の小型の銃を出す。……分が悪すぎる。その時、

「パトリシアーッ!!」

絶叫と共にまた一人、レーザー光線の嵐の中で仲間が動かなくなった。死んだのだ。

……フィアンセが待っていると移動中の宇宙船《シャトル》の中で言っていた男だった。フィアンセの名前はパトリシアと言っていた。

アルファーは思わず顔を背ける。彼の最期は……自分の非常に近い未来の姿なのだろう。

「チッ!!」

アルファーも弾切れだった。素早く走りつつ、腰にぶら下げていた光剣を手にする。

「うわーっ!!」

敵兵の叫び声。三人まとめて切っていた。

「騎士がいるぞーっ!!」

敵に緊張が走る。……益々分が悪い。幾ら良い動きをしても絶対的に戦力が違いすぎる。

こちらはもうアルファーとウルの二人だけだ。それでも、二人は敵エスパー部隊の衝撃波を上手く避け、銃撃部隊の弾丸とレーザーの嵐を躱し、更に敵に攻撃をかけていた。だが、敵さんは何時までもそんな事を許してはくれなかった。

……それも解り切った事だ。

何人切っただろうか。それさえも分からなくなったその時——。

衝撃波をまともに右手に食らう。アルファーの右手が吹っ飛んでいた。とうとう、エスパー達による集中攻撃が始まってしまった。

……もうダメだ。

一つ、また一つ、エスパーのそれを避けた時。アルファーの体の下、半分が吹っ飛んだ。避ける速度とその場所を敵エスパーは読んでいたのだ。

「姫ーっ!!」

ウルの叫び声が、薄れゆく意識の中で聞こえた様な気がした。

「……ウル、行けっ!!」

それがアルファーの最後の言葉だった。

「姫ーっっ!!」

駆け寄るウル。そこに容赦無いレーザーの嵐。ドッ!! と、彼女を庇うように彼は……倒れた。そして、もう二度と動く事は無かった。

暫くして、「引き上げる。」敵部隊の隊長の声が、再び静けさを取り戻した森の中に響き渡る。その直後、彼らが地獄を見る事になろうとは誰が予測出来ただろうか。

「ヒィィィーッッ!!」

突然の兵士の怯え声に、隊長はその方向を見る。行き成り、紫の光が彼らの前を通り過ぎた。気付いたその時には、既に彼らの仲間の体が吹っ飛んでいた。血の跡さえも残さずに。……何が起きたのか皆目見当が付かなかった。

逃げ惑う兵らに次々と襲う紫の光。

「退けーっっ!!」

命令した時には最早遅かった。

「うわぁぁぁーっ!!」

絶叫と共に、隊長もその光の中に消えて行く。

そこに居る全ての兵士を飲み込んでから、紫の光は、ゆっくりとアルファーとウルの屍骸の前に止まった。そして、その光が静かに消えた時、中から一人の男の姿が現れた。

男は、そっと絶命したウルの開いている目を閉じてやり、体を地面に仰向けにして寝かせてやった。それから愛おしそうに、アルファーの泥に塗れた顔に触れてみた。

……まだ僅かに息があった。

急いで、彼女のボロボロの体を自分の肩から外したマントで包み抱き上げる。……ドッと紅い血が滴り落ちる。男のマントと服が見る見る紅く染まってゆく。出血が酷い。

直ぐに男は彼女を抱いたそのまま……その空間から消えた。

＊

兄様の感覚……。

それはアルファーにとって大変久しい者の筈だった。

優しい兄様の……暖かい。

アルファーシャはフカフカの羽根布団に包まれて寝返りを打った。

――錯覚する。

何故なら、彼女にとってそれは……以前は本当に当たり前のもので、極日常的な事だったのだから。

……嫌な夢を見た。兄様が恐ろしい人になる夢。私の事を嫌いになってしまう夢。

まだ意識のハッキリとしていない安らかな温もりの中で、アルファーシャは悪夢を思い浮かべていた。どちらが現実でどちらが夢なのか……そんな事は今の彼女には如何でも良かった。……長い夢を見ていたのだ。アルファーシャは今、コーラルの城の自室の安らかなベッドの中に居た。自分が育った場所に居るのだ。

兄様が私をお嫌いになる筈なんて無い。だって……だって、こんなに優しい兄様の感覚を感じる。……穏やかなスミレ色の暖かい光を感じられる。

未だ目覚めきらない浅い眠りの中。アルファーシャは、兄君の本当の気持ちを……彼女に対する本当の想いを感じ取っていた。

……とても優しく温かい兄様の気持ち。

その数時間後に、やがて、現実は否応無しに戻ってくる。見慣れた高い天井をアルファーシャは呆然と眺めていた。

また……死にぞこなった。

「死に場所を与えてくれたのでは無かったのか。」そう呟いてみる。

……ウルが、私の代わりに逝ったのか。

その、余りに残酷な現実に唖然とする。

本当は私が死ぬ筈だったのだ。

私が……この私が命を落とす筈だったのだ。

「ウルが、私に命を与えてくれたのか。」

瞳を閉じると……体が大きなくせに猫背で、顔に大きな傷があって一見怖そうなのだが、時折見せる愛嬌のある笑顔……笑顔のウルが浮かんでくる。幾つもの戦いを共に走り抜けた日々。よく見ると可愛い、大きな茶色の瞳が何時も私を守ってくれた。

「姫。」そう呼ぶ太い声が今にも聞こえて来そうだ。

……あの戦いでは誰一人とて生きては帰れなかっただろう。

良く分かっている。……解っているのだ。

でも、この命はウルに与えて貰ったものと、アルファーシャは思わずには居られなかった。ウルは……まだ走れた。奇跡が起こったとしたら助かったかも知れない。なのに……

ウルは戻った。

……傷付いた私の元へ。

後の独自で行った調査で分かった事なのだが、ウルは、まだ昔アルファーシャの家が栄えていた頃の、デイケンス家に仕えていた者の血筋を引いていたのだった。

……ウル自身はその事を知らなかった。しかし、きっとその血が自然とアルファーシャを守らせ、ウルに「姫」と呼ばせたのであろう。血は水よりも濃い。先祖の想いが彼を動かしていたのだろうか。その想いが全うされたのだろうか。……そんな事は誰にも分からない。輪廻転生、歴史は繰り返される。それが生きている者達の自然の摂理。

「姫様、お目覚めになられました？」

心配そうなメイの声。

ここは……コーラルの地。……私の生まれ育った国。……兄様が助けてくれたのか。何故だろう？　……優しい、あの感覚の余韻がまだ残っていた。

「どういう事……」

混乱する。

……シド、怖いよ。

思わず、自分の体を自分の腕で強く抱き締める。

この地には……あの優しい人は居ない。あの人の声は届かない。あの人の……。

涙が、出そうになる。

「姫様……」

メイが心配そうにアルファーシャの顔を覗き込む。

「……大丈夫よ。チョットびっくりしちゃっただけよ。」

無理も無い。戦地で負傷し死にかけて、目覚めたら行き成りコーラルの地に居るのだから。しかも、余り戻りたくない城に。メイは微笑んで見せる姫をとても気の毒に思っていた。だけど、国王陛下は姫様を助けて下さった。その事がどんなに彼女にとって嬉しかった事か。……思わず涙が出そうになる。

彼女は「御食事の支度を致しますね。」そう言って笑ってアルファーシャの部屋を後にした。それを見送り、アルファーシャはそっとベッドから抜け出して鏡を見詰める。……何時もの姫の姿だった。

……益々混乱する。

アルファーシャが、何日かぶりの流動食のような食事をしている時、瞬が目の前に現れた。部屋の中に直接テレポートして来たのだった。

「御加減はいかがですか。」

心配そうな顔。

「もう大丈夫よ。それより……」

「ルース様には連絡済みですので、どうぞ御安心を……」

全てをそつ無くこなしてくれている様子だ。

「……兄様は？」

それが一番気になっていた。

「宰相閣下と御会いに為られています。」

……仕事か。

「どうして兄様は……」

風が、レースのカーテンを大きく揺らす。

窓の外の緑は眩いばかりに美しくて……

アルファーシャは言い掛けたものの、そのまま口を噤んでしまった。

瞬は何も言わなかった。言わなくとも言いたい事は分かっていたからだ。……だから何も聞かなかった。

瞬もメイも余計な事は何一つ言わずに……姫様を見守っていようと思っていた。それが今の姫様にとって一番いい事だと信じていた。恐らく、姫様には今まで考える時間さえも無かったであろう。だから……。

それに甘えるかの様に……アルファーシャはその日、ずっとボーッと過ごしていた。それは彼女を見守っている者から見て、何も考えていない様にも……逆に深く考え事をしているかの様にも見えた。

アルファーシャは瞬やメイの気持ちは良く分かっていた。二人の気遣いはとても有り難かった。心が痛い位、理解していた。

気分を変えるかの様に……アルファーシャは庭に出てみる。ふと、空を見上げると夕焼けが始まっていた。今日もコーラルを優しく照らしてくれた太陽が沈んでゆく。夕日の創りだす色が……アルファーシャの胸に深く、深く染み渡る。

それは、まるであの人の優しさの様に……太陽の光は何時も、生きとし生けるもの全てを優しく包み込む。

自然の安らかで健やかな恵み。コーラルの地の全てを覆い、生物に命を与えてくれる大いなる恵み。

このコーラルはとても温暖な気候で「とこ春の国」と言われている。年中色とりどりの花が咲き、沢山の恵みを、生きている者達全てに、時に厳しく時に優しく与えてくれる。アルファーシャはこのコーラルの地に生まれ育った。その事を彼女は大変誇りに思っている。

自然は……生きる者達にとても大きな影響を与えてくれる。昼と夜・光と闇・太陽と月の光……それらに、人間達の感情の流れも大きく左右される。潮の満ち引き・雨のリズム・川のせせらぎ・風と雲の流れ……大自然の前では我々はその摂理に身を任せるしかないのだ。コーラルの自然を感じる度にアルファーシャは思う。

自分は何て小さいのだろうと。自分は何をしているのだろうかと。自分は一体、何なのだろうと。……素に戻る。

紅に染まる空を見ながら……考える事は唯一つ。

この夕日の色は……あの人の居るフォーステンの地には届かない。だが、フォーステンの地でも日は昇りそして沈む。たとえ何処にいても、人として生きている限りそれは繰り返される事。

「私は……どうしたらいいのだろう。」

不意に、そんな言葉が浮かんだ。

やがて……穏やかな青色を取り戻して、闇ゆく空に月が昇ってゆく。アルファーシャの心を置き去りにしたまま……月は満ちてゆく。

今日も暮れた。


「キャァァァァーッッ!!」

バッ!! と、アルファーシャは突然起き上がり、自分の悲鳴の声で目を覚ました。

……夢か。

月明かりの照らす静かな部屋を見渡してから、彼女はやっと安心する。

嫌な夢。

戦地に居る夢を見た。……目の前で仲間達が次々と殺されて行った。

ウル……ウルも殺された!!

冷汗で体中がビッショリ濡れていた。

「はぁーっ。」

彼女は大きく溜息を吐く。その時、人の気配を感じた。……瞬だ。

「来てくれたの。」

思わず抱き付いてしまう。……怖かったのだ。

何時もの様に彼は優しくアルファーシャの髪を撫でてくれた。

「……!!」

瞬じゃない!! 気付いた彼女はバッ!! と、その体を離した。そして、その顔をジッと見る。……薄明かりに光る紫の瞳。

兄様!!

その時のアルファーシャの驚きは、彼女に息をする事すら忘れさせる程大きかった。

ビクン!! 彼女の体が一瞬大きく動いたかと思うと、次にはガタガタと大きく震え始める。

……いけない!!

兄君は慌てる。アルファーシャが胸を押えて苦しみ出したのだ。

「アルファーシャ!!　息をするんだ!!」

叫んでいた。

アロウは彼女の両肩を掴んで「息をするんだっ!!」叫ぶ。しかし、彼女はこんな時にでもそれを嫌がって首を振る。

「アルファーシャ!!　俺を信じてくれっ!!」

……このままでは!!

見る見る彼女の顔色が変わってゆく。

「アルファーシャ!!　何もしないからっ!!　俺を信じてくれっ!!」

アロウは彼女をギュッ!!と抱き締めた。

「息を……息をするんだっ!!」

必死だった。

その時、彼女がアロウの服をグッ!!　と掴む。

「はぁーっ。はぁはぁ……」

アルファーシャが再び息をし始めた。

……良かった。

「大丈夫だから……ゆっくり息をするんだ。」

そっと、背中を優しく摩ってやる。それが……精神的なものだという事は明らかだった。

「……すまない。お前をこんなになるまで、追い込んでしまった。」

精神的外傷《トラウマ》だろうか。呼吸が乱れるほどの緊張と、アロウに対して……男性に対しての生理的・本能的な恐怖心。まるでそれを、誤魔化し打ち消すかの様な、性に対して自分を決して大切にしようとしないアルファーシャの軽はずみな行動の数々。

全て俺のせいだ。

アロウのスミレ色の目には涙が浮かんでいた。ギュッとアルファーシャを抱き締める。

「……すまない。」

兄の震える声だけが静かな部屋に響き渡る。

兄様、泣いているの？

少しずつ呼吸を整えつつ、アルファーシャはその広い胸の中でジッとしていた。不思議と何時もの様に怖くはなかった。

兄様に抱き締められるのは何年ぶりだろう？

そっと目を閉じてみる。

暖かい兄の腕の中。……ずっと私を守ってきてくれた腕。私が愛した、一度はとても深く愛した人の……

窓硝子越しに月明かりが優しく彼らを照らしていた。……月が満ちて来ている。もうすぐ満月なのだろう。そして、二人の瞳と瞳が出会ったその時、アロウは思いも掛けない事をアルファーシャに言った。

「……西の国へ嫁《ゆ》きなさい。」

スミレ色の瞳が優しく微笑んでいた。その両手がそっとアルファーシャの頬を包み込む。

「……愛している。」

とても、とても悲しくて美しい紫の色の瞳。嘘、偽りの無い彼の言葉。ずっと……ずっと胸に深く秘めていた彼の熱いアルファーシャへの想い。

されど……その熱い想いはもう、届かない。その言葉がアルファーシャの躊躇いの大きな心に、スイッチを入れる。

「……兄様」

ツーッと、エメラルドの美しい瞳から涙が伝う。

「ごめんなさい。私……約束を破る事になる。」

幼い日の……アロウとの約束。

「どんな事があっても私は何時も兄様の側に居るから、だから、独りだなんて思わないで。」

小さくても女は女でしかない。恋に焦がれたアロウに言ったアルファーシャの約束。

「憶えていてくれたんだ。」

アロウは穏やかに笑う。

妻のエリザベートさえ愛せなかった深い悲しみ。どんなに愛して貰っても、人を決して愛する事が出来なかった苦しみ。……救ってくれたのは幼い日の可愛いアルファーシャだった。

「でも、その約束を先に破ったのは俺だから……」

彼は、嫌がるアルファーシャをフォーステンの地へと送り出したのだった。修行の為と……少し距離を置いた方がお互いにいいと思ったからだ。それは皮肉にも結局逆効果となってしまったのだが。

「アルファーシャが幸せになれれば、俺はそれでいいんだ。」

それが本心だった。紛れも無い彼の本心だった。ゆっくりと、その優しいスミレ色の瞳が閉じられる。とても、とても哀しげな表情……もう、決して届かないアルファーシャへの想い。

そして、再びその瞳が開いた時、アロウは静かにシドの事を話し出した。

「……あいつに会ったよ。スゴク、嫌な奴だ。」

そう言いながら、アロウはフンと鼻先で笑う。こんな時の彼は、言葉と心は裏腹だ。

アルファーシャは思わず微笑んでしまう。兄君に負けず劣らず天邪鬼の彼女。

「本当に嫌な奴なのよ。」

真似をしてそう言うアルファーシャを、とても綺麗だとアロウは思った。きっと……シドと居ると幸せなのだろう。

「誰よりも幸せに成りなさい。」

そっと優しく額にキスをする。

「……ありがとう兄様。でも……」

アルファーシャは不安だった。……私は彼に相応しくない。そんな言葉が浮かんだ。それに……彼は私を本当に選んでくれるかしら？

「デモもクソもあるか。」

少し怒った様にアロウは言った。

「いざとなったら、こっちから話を持ちかけて絶対断れないようにしてやる。」

不在の間に水面下で何があったのか知らされていないアルファーシャにとって、兄の言葉は非常に嬉しかったのであるが、まるで現実味が無かった。実感どころか不安が募った。

……自分は死ぬものだと思っていた。

死んでしまう者が未来を考えるだろうか。だから……アルファーシャはこれからの事なんて考えて居なかったし、考えられなかった。彼女は一度もシドに自分の気持ちを口にしていなかった。……シドが、彼がこれからどうしたいのか、そして二人はどうなるのか、想像も付かなかったのである。

「姫様……」

メイが様子を見に来たようだ。

「メイ。すまないが、何か暖かい物を淹れてくれないか。」

メイは、国王陛下がアルファーシャ姫の部屋にいらっしゃる事にとても慌てたのだが、直ぐに「はい、ただ今。」と答えて御茶の用意を始めた。

「大丈夫か？」

立ち上がったアルファーシャをアロウは心配する。

すると彼女は「もう、大丈夫よ。」静かに微笑んで見せた。

二人は部屋の窓際に置いてあるテーブルの方へ行って座る。やがて……気分を落ち着かせるカモミールの香りが立ち込める。そんな二人の様子にメイは思わず泣き出しそうだった。こんなに穏やかな御二人の会話を聞いたのは実に何年ぶりか……。

メイの淹れてくれたカモミールのハーブティーは、少し蜂蜜が入っていてほんのり甘く、美味しかった。……気持ちがとても落ち着く。

「……美味しい。」

アルファーシャがそう言ったのを聞いてから、アロウがティーカップに口を付けようとした時、一瞬……彼はピクッとする。

「アルファーシャ……」

静かに彼は話し掛けた。

「これを飲んでから、花園の方へ行ってみるがよい。」

言い終ると、スミレ色の瞳が優しい色を湛えていた。

「はい……」

訳が分からなかったのだが、アルファーシャはその言葉に従う事にした。彼の言葉には必ず何か深い意味があるから。

心を癒すカモミールの香りが部屋中に広がっている。

それはまるで、これから起こる事を暗示しているかの様に……優しく香っていた。


夜明け前の美しい青の陰影の中……。

言われるがままにアルファーシャは庭に出た。まだ冷たい夜風が、彼女の頬を過ってゆく。露に濡れる庭の草木の中をゆっくりと歩いてみる。そこに普段は人間達には見られない自然の優しい一面があった。

そんな時、考えるのは何時もあの人の事だった。

あの人を……心に想い浮かべるだけで、それだけで……

あの人の優しさが心の中に染み渡っていく。

大地を覆う緑の様に……川の流れがやがては大きな海に還る様に……

あの人の大きな優しさが、私の心の中の暗い闇や深い傷の全てをも包み込んで……そして満たしてくれる。

……私はあの人を愛している。

この世界で一番……愛している。

心に秘めたこの想いはこのまま一生、この胸に抱いて生きてゆこう。

それはどんなに幸せな事だろうか。

私はもう決して独りでは無いのだから……

何時もどんな時でも、この心の中に彼への想いが薔薇の様に誇り高く咲いている。たとえ……結ばれなくても私のこの想いは決して変わる事は無い。彼との日々を支えに……生きてゆける。何時か天へ召される日が来たとしても私はもう、けして恐れないであろう。彼との思い出をこの胸に咲かせている限り……地獄に落ちたって私は幸せで居られる。

……彼と一緒に居る時は迷いなんて無かった。微塵も無かった。自分の激しい気持ちに、感情に流されて迷う暇なんて無いのだ。なのに……少しでも離れてしまうとこんなにも迷い不安が募る。だから、本当はずっと側に居て欲しい。離さないでいて欲しい。

……そんな事、自分の口からなんて言える筈が無い。

アルファーシャは、こういう事になると酷く臆病だ。初めての恋をして、とても深く深く傷付いたから……恋は破れその衝撃は彼女の心と体を歪ませた。もう、そんな思いをする事は嫌なのだ。自分を自分で破壊する様な思いはしたくないのだ。

冷静になって考えると良く解る。何より……私はあの人には相応しくない女だ。

（汚れきっているから……）

「そんな事は無い」と、あの人は言ってくれるだろう。言ってくれた。だけど、私はあの人に本当に幸せになって欲しいのだ。その願いは私ではなく、彼に相応しい女性《ひと》が叶えてくれるだろう。私はきっと、彼の事を幸せには出来ないだろうから。だからせめて……彼のこれからの幸せを考えてあげたい。それが、私が彼に出来る唯一の事。

アルファーシャは静かにその美しいエメラルドの瞳を閉じた。

夜が、明けてきた。東の空から今日も太陽の恵みが訪れる。

本当に……彼女はシドを愛していた。

シド・ビリオン。ルース様を国王とするフォーステンの統治下におかれている西の国の皇太子殿下。F・G・C№.2の名誉を頂いていた。国王陛下の信頼は厚くフォーステンの司政官をも任ぜられている。

……花の香りが風に乗って、まるで誘うかの様にアルファーシャの元へとやって来た。

自然に身を任せ、アルファーシャは花園に向かう事にした。花園へと続く美しいアーチ型の門を抜けて、彼女は色とりどりの花に囲まれた。早咲きの薔薇の花が今、満開を迎えようとしている。

……その芳《かぐわ》しい香りに酔いしれ、そっと一輪の薔薇に触れる。

その時、アルファーシャは人の気配に気付く。

「あっ……」

思いも寄らなかった。

愛しい男性《ひと》が、こちらに向かって歩いて来ていた。彼もアルファーシャに……気付いた。

世界が……愛しい人以外モノクロになる。互いの瞳と瞳が、強く強く惹きつけ合う。

風が……優しく二人を揺らして、薔薇の香りが庭全体を包み込んでいた。

そして駆け寄る。どちらからともなく……その胸に埋まる。抱きしめる。

……会いたかった。どんなに会いたかったたか。

「アルファーシャ……」

切なく愛しい者を呼ぶシドの声。会いたくて……狂おしい位に会いたくて……

「……俺と結婚してくれ。」

それはずっと用意しておいた言葉だった。しかし、その言葉が皮肉にもアルファーシャを夢の世界から現実へと引き戻した。この世で一番愛しい者の腕の中で、彼女は愛に震える。彼女の美しいエメラルドの瞳に涙が溢れた。嬉しかった。

……私は貴方には相応しくない。

同時に彼女にとってそれは不幸の訪れでもあったのだ。

「返事は……」

そっと彼はアルファーシャの体を離した。そして、シドの深い海の色の瞳が真直ぐにアルファーシャを見つめた。その瞳にアルファーシャはとても弱い。

「私……こんなだし。」

瞳を逸らす。シドが彼女の両頬を優しくその手で包む。

「俺の目を見て言ってくれ。」

自分の気持ちに嘘をつく時にそうする、彼女の悪い癖をシドはよく分かっていた。

……彼の瞳を見つめた明るいエメラルドは、酷く透明にその気持ちの全てを映し出してしまう。ダメ……感情に流されたら……。

そう思った時、アルファーシャはその美しい唇を塞がれていた。

優しく激しい彼のキス。

初めて会ったその日から分かっていた様な気がする。いいや、分かっていたのだ。アルファーシャは初めから解っていたのだ。彼のキスが「愛している」のキスだという事を……。

彼に触れられると体が熱くなる。何も、考えられなくなる。

そっと……唇と唇とが離れた瞬間、アルファーシャは体の力が抜けていく。シドは、そんな彼女の体を受け止めるかの様にギュッと抱きしめる。

……彼に溺れてしまう。

体は何よりも、彼女の偽ろうとする心の思いよりも、正直だった。

「返事は……」

美しく凛々しいシドの綺麗な顔。アルファーシャを見つめる優しい深い海の様な青い瞳。

……何て愛おしいのだろう。

激しく狂おしく、アルファーシャの心を揺さぶり、愛で満たす。

でも……

「私は、貴方に相応しく、無いから……」

やっと、声にして言う事が出来る。

「私……こんなだし。」

偽りの言葉に……涙が頬を伝ってゆく。

「本気でそんな事を言っているのかっ!!」

彼は何時に無く声を荒立てた。

シドは彼女の取るであろう行動をよく把握していた。だが予想していたにも拘わらずいざ、そうされると怒りが収まらなかった。

「あっ……」

本気でシドは怒っていた。

「君が自分を悪く言う事は!!　君を愛していると言っている俺の事を侮辱する事になるん

だぞっ!!」

その瞳が真剣だった。

アルファーシャは後悔した。……彼を傷付けてしまった。けれどこれで決心がつく。

「だけど、私はそういう女だから。」

そう、これでいいんだ。

「馬鹿な事を言うなっ!!」

彼の声が震えていた。

「だって、本当の……」

言いかけた彼女の唇をシドはキスで塞いだ。熱くて激しくて苦しくて……切ないキスだった。

抵抗出来なかった。彼を……彼をとても愛しているから。

そして長い長いキスの後……シドは折れる程彼女を抱きしめた。

絶対に素直に言う事は聞いてはくれないだろうと想像は付いていた。素直なのは、キスの時とその美しい瞳が語る事だけ。それだけでシドには十分だった。

「返事は……」

強く抱きしめながら彼は問う。

全ての思考が止まってしまう。アルファーシャはのぼせてしまいそうだった。まるで極上のワインを飲んでいるかの様に、彼に酔いしれて何もかも感情の赴くままに流されてしまいそうだった。

庭に立ち込める薔薇の甘い香りが一層、彼女の理性を吹き飛ばし、〝彼に恋をしている〟という真の気持ちで胸一杯にする事を急き立てていた。

「アルファーシャ、返事は……」

優しく囁く彼の声。

今日の彼は、決して彼女が逃げる事を許してはくれない。……再びその瞳と瞳が出会った時、アルファーシャは彼に溺れた。

「愛しているよ。」

呪文の様な彼の言葉。

側に居る時は迷いなど無くなる。彼を想う気持ちだけで心の全てが満たされて……アルファーシャは迷っている暇なんて無い。

優しい深い青い海の色の瞳。……私の全てを包み込む。

「返事をしてくれないか。」

優しい低い声。

そっと頬に触れる温かい大きな手。大好きな彼の……

アルファーシャの本当の気持ち。

ずっと秘めていたその……彼への想い。

「……はい。」


それは……遠い国の古い昔の物語。

とある国の王朝の庭園に、別の庭園へと続くアーチの門は、ロマンチックに「月の門《ムーンゲイト》」と呼ばれていました。恋人達は互いの庭へと行き交う度に、愛の絆をかたくして情熱に酔ったのでしょう。

人々の営みは時代が変わっても何ら変わりはありません。

恋人達は愛を語り、その喜びを分かちあう。そして、次の世代に愛の結晶を残してゆく。

繰り返し繰り返し紡がれる命の鎖。

何時の時代になったとしても、それは決して変わらぬ事。

fin

〜この物語を書く時に流していたB・G・M♪〜

「Dawn of A New Century」 Secret Garden
「White Stones」 Secret Garden
「Song From A Secret Garden」 Secret Garden

〜参考資料〜

「Dawn of A New Century」 Secret Garden　解説より……

出逢った全ての方々へ、
感謝と愛を込めて……
2002・6・6

著者プロフィール

夢叶 青（ゆめかのう しょう）

星空をボーッと見ているのが好き。青い空を只、眺めているのが好き。
川の流れをジッと見ているのが好き。海を見詰めているのが好き。
森の中でブナの木を抱っこしているのが好き。
…カナリ“妙”な人ですなぁ。

月門童話《ムーン・ゲイト・ストーリーズ》

2002年6月15日　初版第1刷発行

著　者　夢叶 青
発行者　瓜谷 綱延
発行所　株式会社 文芸社
〒160-0022 東京都新宿区新宿1－10－1
電話 03-5369-3060（編集）
03-5369-2299（販売）
振替 00190-8-728265

印刷所　株式会社 平河工業社

ISBN4-8355-3885-4 C0093